우리를 슬프게 하는 것들

Jugendlegende

Begegnungen am Abend

Die Angel des Robinson

Anton Schnack

우리를 슬프게 하는 것들

안톤 슈낙 지음 · 차경아 옮김

문예출판사

차례

제2부

일러두기

*지은이 주는 ( )로 표시했습니다.

*옮긴이 주는 〔 〕로 표시했습니다.

제1부

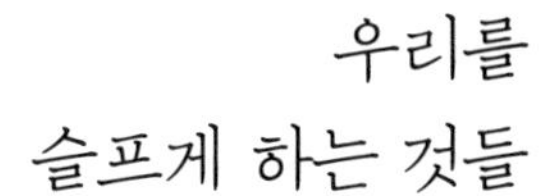

우리를
슬프게 하는 것들

울고 있는 아이들의 모습은 우리를 슬프게 한다.

초가을 햇살이 내리쬐는 정원 한 모퉁이에서 오색영롱한 깃털의 작은 새의 시체가 눈에 띄었을 때.

대체로 가을철은 우리를 슬프게 한다. 이를테면 비 내리는 잿빛 밤, 소중한 사랑하는 이의 발자국 소리가 사라져갈 때. 그러고 나면 몇 주일이고 당신은 다시 홀로 있게 되리라.

아무도 살지 않는 텅 빈 고궁. 고궁의 벽에서는 석고 장식이 떨어져 내리고 있고, 삭아버린 한 나무 창틀에서 "아이세여, 내 너를 사랑하노라!"〔'아이세'는 엘사스 출신의 작가 르네 시켈레(Rene Schikele, 1883~1940)의 소설 제목. 노예로 팔려간 인도 여인과 신분 높은 프랑스 백작의 지상에서 이룰 수 없는 사랑 이야기. 안톤 슈낙 역시 프랑스와 독일의 경계를 끊임없이 넘나든 엘사스에 이웃한 프랑켄 출신으로 〈아이세〉의 작가와 인연이 있었으리라는 추측이 간다]라는, 거의 알아보기 어려운 글귀를 읽게 될 때.

숱한 세월이 흐른 뒤 문득 발견된, 돌아가신 아버지의 편지 한 통. 편지에는 무슨 사연이 씌어 있는가? "아들아, 너의 소행으로 인해 나는 얼마나 많은 밤을 잠 못 이루며 지새웠는지 모른다." 나의 소행이란 대체 무엇이었을까? 그릇된 행동, 불량한 성적, 아니면 무슨 복잡한 연애사건, 거짓말, 또는 치기稚氣 어린 개구쟁이 짓이었을까? 아, 그 숱한 허물들은 내 기억에서 사라지고 없는데, 그 시절 아버지는 그로 인해 가슴을 태우셨던 것이다.

동물원의 풍경. 우리 안에서 불안하게 서성이는 표범은 우리를 슬프게 한다. 철책 언저리를 끊임없이 왔다 갔다 하는 모습. 번득이는 눈, 무서운 분노의 표정, 괴로움에 찬 포효咆哮, 앞발에 서린 바닥 모를 절망감, 미친 듯이 순환循環하는 동작, 이 모든 것은 우리를 말로 표현할 수 없이 슬프게 한다.

학창 시절의 옛 친구를 방문했을 때. 이제 큰 공장의 기업주가 되어 있는 친구는 당신과 악수를 한다. 하지만 몽롱하고 우울한 언어를 구사하는 한낱 시인밖에 될 수 없게 된 당신을 더 이상 알아보려 하지 않는다. 대화는 막히고 그가 손목에 찬 시계로, 이제 곧 중대한 회의에 가야 할 시간이 촉박했음을 드러낼 때.

사냥꾼의 총부리 앞에 죽어가는 사슴의 눈초리.

재스민의 향기. 이 향기는 항상 내게 창턱 아래 한 그루 재스민 덤불이 자라던 나의 고향을 생각하게 한다.

공원에서 흘러나오는 은은한 음악 소리. 꿈같이 아름다운 한 여름밤. 자갈길을 사각거리며 밟고 지나가는 발자국 소리가 나직하게 들리고, 한 가닥 즐거운 함성이 터져 나오는데, 당신은 벌써 몇 주일째 어두운 방에 병들어 누워 있는 신세가 되어 있을 때.

달리는 기차 또한 우리를 슬프게 한다. 어스름 황혼이 밤으로 접어드는 시간. 번득이는 기차 창들이 유령처럼 쏜살같이 지나가는데, 미소를 띠고 차창에 서 있는 한 아름다운 여인의 얼굴.

정육점을 지나갈 때. 핏기 어린 시뻘건 정육의 뒷다리, 찢겨진 살집, 송아지와 양의 유리알 같은 눈먼 눈망울은 우리를 슬프게 한다. 눈길을 주지 않고 후딱 지나칠 수밖에.

화려하고 열띤 가면무도회에서 집으로 돌아왔을 때. 소리 없이 내리는 보슬비가 막연한 새벽 공기를 흔들고 있는데.

사랑하는 그녀는 한 배우에게 키스를 했었지.

공동묘지를 가로질러 갈 때. 그러다 문득, "여기 열다섯의 어린 나이로 세상을 떠난 클라라가 신의 품에 안기다"라는 묘비명을 읽을 때. 그녀는 어린 시절 나의 소꿉친구, 늘 매혹적인 눈물처럼 애매한 미소를 띠었었지.

시커먼 도랑물, 허구한 날 무수한 세월이 지나도록 도회都會의 뒤채 황량한 벽에 부딪치며 흐르는 구정물을 볼 때. 학창시절 선생님들에 대한 기억. 수학 교과서. 이 모든 것들은 우리를 슬프게 한다.

오랫동안 사랑하는 여인의 편지를 받지 못할 때. 그녀는 병석에 누워 있는 것일까? 아니면, 그 편지가 지금 엉뚱한 사내의 손에 들어가 섬세하고 그리움에 찬 순수한 사연이 웃음으로 읽혀지는 것이 아닐까? 아니면, 그녀의 마음이 돌처럼 굳어버린 것일까? 봄철의 밤, 그녀는 다른 남자, 어쩌면 쩔렁거리는 군도軍刀를 차고 번득이는 단추의 군복을 입은 금발의 장교와 산책을 하고 있는 것이 아닐까?

낯선 시골 주막에서의 외로운 하룻밤. 졸졸 흐르는 시냇물 소리. 이웃한 어느 방의 문이 열리고, 소곤거리는 음성. 찰깍대는 낡은 시계가 새벽 한 시를 치는데, 그때 당신은 문득 슬픔을 느끼게 되리라.

가을걷이가 끝난 텅 빈 논밭. 술에 취한 여인의 모습. 어린 시절 살던 마을을 오랜 세월이 지난 후 다시 찾았을 때. 그곳에는 당신을 알아보는 사람이 이미 아무도 없고, 그 옛날 뛰놀던 놀이터에는 저택들이 들어서 있고, 아버지와 살던 옛집에서는 웬 낯선 얼굴이 내다보고, 풍성했던 아카시아 숲도 베어 없어져버린 풍경을 보았을 때. 이 모든 것은 우리를 슬프게 한다. 어디 그뿐이랴. 쪼개진 나무. 장의 행렬. 먼 바다와 꽃피는 섬들에 대한 이룰 수 없는 동경憧憬. 양로원에 사는 노파의 눈물.

거만한 인간. 가을 들판에 피어오르는 연기. 숲길에 흩어져 있는 비둘기의 깃털. 벼락부자가 되어 자동차에 앉아 있는 여인의 가녀린 좁은 어깨. 줄타기 묘기에서 세 차례 떨어진 어릿광대. 지붕 위로 떨어져 내리는 빗소리. 휴가의 마지막 날. 사무실에서 먼지 낀 서류에 뭔가 기록하고 있는 처녀의 가느다란 손가락. 만월의 밤. 개 짖는 소리. 크누트 함순의 몇 구절 시구. 굶주린 어린아이의 모습. 철창 뒤로 보이는 죄수의 창백한 얼굴. 꽃피는 나뭇가지로 떨어지는 눈발…….
이 모든 것은 우리들 가슴에 스며들며 우리를 슬프게 한다.

내가 사랑하는 소음, 음향, 음성 들

아득히 들려오는 장닭의 울음소리를 나는 사랑한다. 그리고 그것은 아무런 움직임도 소리도 없는, 졸음과 납덩어리 같은 나른함이 몰려오는 뜨거운 여름 한낮이어야 한다. 살아 있는 것이라고는 지상에 아무것도 없는 듯 느껴지는 그때, 그 우렁찬 계명鷄鳴이 나팔 소리처럼 울려 퍼지는 것이다.

9월의 어느 날 밤, 투명한 정적 속으로 한 알의 사과가 툭 떨어지는 소리는 쾌적하게 울려온다. 이튿날 아침 풀밭에서 그 열매를 찾다가 눈에 띄었을 때의 기쁨이란!

아침나절 기다란 낫을 가는 망치 소리는 잠을 깨우는 울림이다. 공기에서는 취할 듯이 짙은 향내가 난다. 이제부터 뜨겁고 건조한 하루가 되리라. 이글이글 열列을 지은 채원菜園

의 풀줄기가 햇볕 속에서 찌듯이 익어가리라.

화려한 농촌의 소음으로는 기다란 장대에 달린 나무 갈퀴로 마른풀을 뒤적거릴 때 들려오는 메마른 바삭거림이 있다. 그 소리가 들려오면 나는 어느덧 경건한 기도 소리 들리는 밤을 생각하게 된다. 초원 사이로 열린 오솔길을, 그리고 마주 걸어오는 쟈네트의 어깨 위로 드리워진 새하얀 수건을 생각하게 된다.

어느 어린아이의 손에 쥐어진 펜촉의 사랑스러운 끄적임. 그것은 '사랑하는 어머니!'라는 구절 다음에 한동안 막혀버린다.

마을 대장간의 망치 소리를 나는 즐겨 듣는다. 하지만 그것은 바로 이웃에서 들려와서는 안 된다. 얼마간 바람결을 타고 불어와 조화된 소리여야 한다. 그 금속성은 내 어린 가슴을 한껏 설레게 했었다. 프랑켄의 장터에 자리 잡은 대장간에서는 섬뜩한 느낌의 풀무가 훨훨 타오르는 석탄 불길 속에서 용해되고 있었고, 시커먼 칠을 묻힌 대장장이가 멀찌감치 서서 쇠망치로 달아오른 쇳덩이를 때리면, 불똥의 빛줄기가 꿈처럼 아름답게 곡선을 그으며 어두운 대장간 창고 안으로 비산飛散하는 것이었다.

지칠 줄 모르는 분수의 낙수 소리. 중세풍의 슈바벤 할 시市의 어느 주막 앞에는 분수가 하나 서 있어 온 달밤을 지새우도록 전설과 동화를 이야기하는 것이다.

폭풍이 몰아칠 때 소나무 수관樹冠을 휙휙 스치는 바람 소리. 그리고 그 바람은 벽난로 안에서도 노래를 한다. 이 두 개의 소리에 나는 언제까지나 귀 기울일 수 있다. 바람 부는 날 고성古城이나 농장의 뜰에서 들리는 그 소리는 도깨비라도 나올 듯 매우 기묘한 것이다.

거울처럼 잔잔하게 잠든 호면湖面에서 보트에 몸을 맡기고 흘러가보라. 끌어올린 노에서는 이따금 물방울이 뚝뚝 떨어진다. 구원의 물방울. 알아보기도 힘든 자디잔 물체와 들릴 듯 말 듯한 소음. 그것은 은빛으로 반짝이며 스러져가는 것이다.

바다의 소음. 칠흑 같은 밤, 그것이 그윽하게 성난 듯이 백사장의 조약돌이나 해변의 암석에 탄식하듯이 부딪히는 소리는 우리를 야릇한 그리움과 설렘 속에 몰아넣는다. 그것은 속세의 음성이 아니라 해신海神의 음성이며, 수정水精의 유혹하는 호소이며, 인어의 노래이다.

산골짜기에서 와르릉 꽝꽝 바위 구르는 소리. 저 푸른 절벽의 심연 속으로 사라져가는 무시무시하게 쿵쾅거리는 굉음! 다시 한번 이 죽음의 음성은 바로 곁에까지 왔다가 다시금 스쳐 지나가버린다. 그러고 나면 얼마나 깊고 탐욕스럽게 가슴 깊숙이까지 안도의 한숨을 들이쉬었던가.

전차 바퀴의 덜컹거리는 운율을 나는 더없이 사랑한다.

또 그르릉거리는 뱃고동과 추진기 주변을 소용돌이치는 물소리를 나는 얼마나 사랑하는지! 닻의 쇠사슬이 쩔렁거리는 소리, 배를 정박시키는 말뚝의 삐걱대는 소리. 투박한 시골의 우편마차 위에서 철썩 내리치는 채찍의 울림. 비행기 모터의 성급한 붕붕거림. 이것은 귀가 겪는 순수한 음향의 모험들이다. 고도古都의 아치 성문을 덜그럭덜그럭 지나는 말발굽 소리를 나는 얼마나 사랑하는지 모른다. 그때 나는 방랑하는 시인 아이헨도르프를 생각하고, 마리안네 폰 빌레머[장년기 괴테의 애인]의 여행복에서 풍기는 라벤더의 방향芳香을 생각하게 된다.

타닥타닥 장작불 타는 소리와 그 위에 얹힌 물주전자의 노랫소리는 나를 환상으로 몰아넣는다. 그것은 어린 시절의 부엌, 파란 그릇들로 가득 찬 할머님의 부엌, 곡식과 과일 냄새 풍기는 농촌의 부엌에서 들려오는 자장가 같은 소음인 것이다.

헤센과 프랑켄의 작은 마을들, 고향에서의 잊을 수 없이 화려한 밤의 소음들이 있다. 밀가루 덮인 농촌의 물방앗간 방파제 위로 단조로운 파도를 치면서 끊임없이 좔좔 흐르는 시냇물 소리. 버릇에 젖은 어느 주정뱅이가 포도鋪道 위를 비틀비틀 비척거리고 걸어가며 끊임없이 끄륵대는 트림 소리. 돌풍인가 아니면 사랑하는 이의 손마디인가, 덧문을 쾅쾅 두들겨대는 소리. 문간 구석에서 새어나오는 어느 처녀와 총각의 입맞춤 소리. 그리고 교회 탑의 시계가 뚝딱거릴 때마다 녹이 슨 듯 한숨을 쉬고 있었다.

몽롱한 잠결에, 가벼운 거품 같은 아침의 꿈속에서 듣기 좋은 정다운 멜로디에는 민첩한, 가느다란 또는 푸닥거리는 온갖 종류의 새소리가 있다. 처마 끝을 똑똑 긁어대는 박새의 날쌘 발톱 소리. 세련된 타이프라이터의 끊임없는 두들김처럼 빨간 부리의 때까치가 성난 듯이 쪼아대는 소리. 그리고 후루룩 날아가는 제비의 지저귐.

풀베기를 끝낸 초원 위를 구름처럼 떼지어 나르는 뇌명雷鳴 같은 찌르레기의 날개 치는 소리도 나는 듣기 좋아한다. 그러면서도 벌써 여름이 갔구나, 철새들이 먼 여행을 준비하는구나, 또 어느덧 한 해가 흘러가는구나—하는 가슴속의 일말의 울적함을 떨칠 수가 없다.

눈雪이 일으키는 소음도 내가 사랑하는 소리에 속한다. 섬세하고 알알한 싸라기 내리는 소리에서부터 봄철 높새바람에 무너져내리는 눈사태의 우렛소리까지. 마을 우편배달부가 눈 속을 사박거리며 걸어오는 발소리도 독특한 매력이 있다—반갑고 궂은 소식, 아득히 먼 세계가 이 소리와 함께 들려온다. 기차역의 덜커덕대는 소리. 도시의 왁자한 소음. 해변에서 파도가 부서지는 소리. 뜨거운 그리움이 사박거리며 함께 들려오는 것이다. 미움과 사랑, 환희, 그리고 어쩌면 영원히 들을 수 없는 죽음의 발소리까지.

썰매를 끄는 말방울 소리. 그것 역시 신비스럽다. 들리는가 하면 어느덧 지나쳐버린다. 그렇게 불현듯 스쳐 불어가는 것이면서도 영혼의 가장 깊은 곳을 건드리는 소리이다.

어느 오케스트라가 악기를 연주할 때, 그것은 얼마나 묘한 일인가! 꽥꽥 긁어대며 활주滑奏하는 불협화음 뒤에는 베토벤의 제9교향곡의 장려하고 거창한 음音의 바다가 높이 펼쳐지는 것이다.

뚝…… 뚝…… 끝없이 지루하게 이어지던 지난날 수업 시간에 들리던 납같이 무거운 소음. 교실에서는 선생님의 피로에 지친 울먹한 음성이 들려왔다. "Nemo ante mortem beatus"—어느 누구도 죽음에 직면해서 행복을 구가할 수는 없다. 소년은 노老교수의 육중한 지혜에는 아랑곳없이 창 앞에서 간간이 들리는 소음에 귀를 기울이고 있었다. 그곳에는 비스듬히 걸려 있는 전선줄 위로 수백 개의 물방울이 나란히 매달려 있어서, 일순간 가만히 방울 지어 있다가는 다음 방울에 밀려 곧 부서져 밑으로 굴러 떨어지고 있는 것이었다. 뚝…… 뚝…… 그것은 대자연의 언어이며, 구름의, 하늘의, 무한한 세계의 언어이다. 또한 그것은 바다의 인사이다. 쏟아지는 폭포수의, 넘쳐흐르는 샘물의, 돌 고드름 열린 종유동으로부터의 인사이다. 소곤거리는 분수와 졸졸 흐르는 시냇물의 인사이며, 나이아가라와 라인 강의 뇌성雷聲이며, 아득한 해안에서 파도가 부서지는 소리이다—이렇듯 엄청나고 감당하기 어려운 것이, 야성과 위대함, 충만함과 풍요함이 이 단 한 방울의 물방울 속에 스며 있는 것이다!

봄날 저녁 떼지어 들끓는 풍뎅이의 붕붕거림. 이제 곧 붉은 만월이 떠오르리라. 거리는 어느덧 시골 처녀들의 다감한, 조금은 구슬픈 노랫소리로 가득 찬다. 하모니카의 부드러운 선율이라도 끼어든다면, 그곳에야말로 깊어가는 밤의 알 수 없는 고뇌와 감미로움이 자리 잡는 것이다.

아코디언 켜는 소리. 그 소리를 못 들어본 지가 얼마나 되었던가!

깊은 밤, 방 안에서 무엇인가 가구에 딱 부딪히는 소리. 누가 오는 것일까? 아니면 가는 걸까? 창문으로 새어 들어온 바람이었을까? 걱정스러운 얼굴로 우리들의 잠자리를 굽어보시는 어머니였을까? 요정이었을까? 겁 많던 어린 시절부터 나는 한밤중 방 안에서 나는 유령 같은 소리를 사랑하고 있다. 그리고 또 내가 사랑하는 것이 있다면? 환희에 겨운 두 연인의 잔 부딪치는 소리. 춘삼월, 습기 찬 풀밭에서 연주하는 개구리의 울음소리—그것은 목신牧神이 새로이 인생의 불멸을 구가하는 소리였다.

그리고 또 무엇이 있을까? 눈 녹은 물줄기가 홈통으로 흐느낌처럼 후둑후둑 쏟아지는 소리. 물고기가 잔잔한 수면으로 팔딱 뛰어오르는 소리. 어린아이의 종종거리는 발소리. 바람 잠든 날, 전선줄의 윙윙거리는 소리—이것은 마을 소년들이 먼 곳의 사람들의 욕설처럼 변덕스럽게 생각하는 신비스런 기상의 신호이다.

아, 한 잎 가랑잎이 살그머니 떨어질 때, 가슴 아프도록 지친 소리. 아직도 나무에는 여름이 달려 있는데 어느덧 한 잎이 떨어지고 있다.

그에 비하면 바람에 흔들리는 깃발의 펄럭거림이나 출발을 앞둔 말의 울음소리는 얼마나 우렁차고 자랑스러운 힘의 소리이며 승리의 소리인가! 대목을 앞둔 장터에서 물건을 사라고 외치는 목쉰 음성은 얼마나 고무적인가. 또 화려한 조명을 받으며 무희가 막 사이로 미끄러져 나와 감사와 축복, 자랑과 기쁨의 미소를 띄울 때, 터져 나오는 갈채 소리는 얼마나 감동적인가.

찾아오는 여인의 발소리는 온 심장과 기대를 끌어당긴다. 아직 보이지는 않지만 정원에 깔린 자갈 위로 그녀의 발소리가 울려온다. 가볍고 날렵하게 사뿐사뿐 걷는 우아하고 경쾌한 발소리. 축복의 발소리, 후광을 지닌 발걸음, 그것은 걸음 중의 걸음 소리이다.

정적의 소리야말로 아름답고 매혹적이다. 무위無爲로부터, 근원으로부터 울려 나오는 듯한 심연의 흐름—바로 오르간의 음악 소리요, 조개껍질의 소리이다. 그것은 무엇일까?

그것은 자신 속을 흐르는 피의 음악이다. 심실心室의 노래이며, 자체에서 터져 나오는 환호성인 것이다.

한껏 부풀어 격동하는 심장을 가진 자는 축복을 받은 자이다. 사랑하는 이를 향한 입맞춤은 심장을 그렇게 고동시킬 수 있는 것이다. 나는 그녀의 심장과 나의 심장이 질주하며 울리는 격동을 듣고 있다. 이 이중창을 듣는 것보다 더 충만하고 축복받은 일이란 지상에 그 어느 것도 없는 것이다.

프랑켄에서 성장하다

나는 소년기를 사계절과 바람, 먹구름, 그리고 옷감이나 국수를 파는 행상 이외에는 찾아주는 이 없는 프랑켄[독일 남서부 마인 강 지방] 주州의 외딴 소도시에서 보냈다. 시장市長의 코밑 수염과 산림 감시인의 초록빛 연미복을 얼마나 우러러보았는지 모른다. 또한 음악 선생님의 챙 넓은 검은빛 소프트 모자에 대해서는 외경의 염念까지 품고 있었다. 바로 그 모자 안에 예술적인 정신과 영감이 비장秘藏되어 있다고 믿고 있었기 때문이었다. 이따금 사회적인 의미와 명예에 대한 걷잡을 수 없는 욕망이 정통으로 내게 몰려오면, 나는 낡은 목조 건물의 둥글게 반사되는 물빛 창 유리에 이마를 맞대고는 어떤 방식으로 사회의 관심을 내게로 돌릴 수 있을까, 골똘히

궁리를 하고는 했다. 맨 처음으로 여름밤의 며칠간을 피아노를 뚱땅거리는 것으로 그 일을 시도해보았다. 몇 시간 동안 요란스런 행진곡을 어스름 황혼 속으로 우렁차게 울려 퍼뜨리는 것이었다. 그러자 처음에는 이웃의 소박한 직공들이 창밖으로 몸을 내밀며 내 행진곡에 귀를 기울여주는 반응을 보였다. 하지만 이 소음에도 곧 질려버렸는지 창문을 닫아버렸고, 어느덧 셋째 날인가 넷째 날 밤에는 나를 향해 휘파람을 불어대더니, 심지어는 열린 창문으로 조그만 돌팔매질까지 하는 것이었다. 이 공공연한 모욕에서 빠져나오기 위해서 나는 딱딱하게 몇 소절 되는대로 계속 두들겨대고는 한껏 기분에 부푼 듯이, 한 사람의 몰지각한 자가 던진 돌멩이쯤이야 조금도 아랑곳할 바가 없다는 듯이 둔탁하게 꽈당 코드를 눌러대는 것으로 나의 세레나데를 끝마쳤던 것이다.

마인 강 유역, 외딴 프랑켄 마을에서의 밤의 웅성거림을 나는 무엇보다도 사랑했다. 한결같이 단조로운 파도를 치며 방파제 위로 콸콸 흐르는 시냇물 소리. 고양이 한 마리가 달을 향해 지르는 야옹야옹 하는 비명 소리. 버릇에 젖은 어느 주객이 포도鋪道 위를 비틀비틀 걸어가며 끊임없이 내는 끄륵대는 트림 소리. 어디선가 돌풍이 덧문을 꽝꽝 두들겨대는 소리. 어느 집의 처녀와 총각이 문간 구석에서 입 맞추는 소리가 새어나오고 있었고, 교회 탑의 시계는 똑딱거릴 때마다 녹이 슨 듯 한숨을 쉬고 있었다.

너덜너덜 떨어진 아메리칸 인디언의 야담집 여주인공, 서부의 마리야말로 내 소년 시절을 가슴 설레게 했던 모든 꿈의 총화였다. 지붕 위로 몰아치는 폭풍처럼 말을 몰아 달릴 줄 아는 햇볕에 그을린 소녀의 피부. 대초원의 독수리 같은 눈매. 가젤라[양]처럼 지칠 줄 모르며, 나는 듯이 내닫는 걸음걸이. 마리는 자줏빛으로 물을 들인 듯 핏빛같이 새빨간 입술을 하고 있었다. 열다섯 살짜리 소년이었던 나는 이 소녀를 위해 한밤중에 양친의 집을 떠나려고 마음을 먹었었다. 나무 층계가 그렇듯 요란하게 삐걱대지만 않았더라도, 10월의 침침한 하늘에서 대문 앞으로 빗방울이 뿌려지지만 않았더라도, 소년은 집을 떠났으리라. 그 낡은 책자는 자그마치 10페니히[1페니히는 1마르크의 100분의 1]나 했다. 소년으로서는 엄청나게 소중한 10페니히였다. 그것 때문에 몰래 피우던 담배와 두터운 딸기 초콜릿 두 조각을 희생하지 않을 수 없었다. 대담한 차림새로 화려하게 채색되어진 서부의 마리를 아메리칸 인디언의 야담집 표지에서 생전 처음 보는 순간, 소년은 이미 그녀에게 사로잡히고 말았다. 그러고는 학교와 양친의 집, 금발의 헤드비히 바그너를 향한 열광의 상태와 결별을 하기로 작정했던 것이다. 미주리 강 하반河畔, 서부 대초원의 고원지에서 사냥꾼의 딸을 섬기는 마부 노릇을 하기 위해서. 하지만 어리석고 겁이 많아서 그 일은 실천에 옮기지를 못했었다. 밤새도록 거리에 퍼붓던 빗줄기, 삐걱거리던 나무 층계가 이유였다.

어린 시절, 학교가 파한 뒤면 나는 새까맣게 타르 칠이 된 고깃배를 타고는 개개비[휘파람새과의 작은 새, 갈대밭에 있음]의 주먹 크기만 한 둥지를 찾기 위해서 프랑켄의 잘레 강 언저리, 갈대 많은 벌 속을 헤집으며 노를 저어가곤 했었다. 그럴 때면 나는 모든 것을, 나무와 새와 물고기를 알아보았다. 그 모든 것과 나는 친구가 되어 있었던 것이다. 쭉쭉 뻗은 담색의 꽃황새냉이며, 수영[마디풀과의 다년초]의 물기 많은 줄기를, 그리고 개암나무의 갈색 가지와 물버들의 매끈한 가지를 나는 알아보았다. 또한 새까맣고 날쌘 대가리를 가진 놈은 물쥐에 속한다는 것을, 혀를 날름거리며 이리저리 흔드는 조그만 대가리를 가진 놈은 강변에서 강변으로 헤엄쳐 이동하는 율모기〔뱀의 일종〕라는 것도 알고 있었다. 보트 가장자리에 기대어 강바닥을 바라다볼 때면 그 모든 것과 친구가 되어 있던 나는—마음놓고 갈대 사이를 스치고 다니는 바르슈〔페르카속屬의 민물고기〕와 인사를 했고, 꼼짝 않고 무엇인가를 노리고 있는 기다란 잿빛 창槍 같은 모습의 에속스〔날카로운 이를 가진 탐식성의 민물고기〕를 멀리서도 알아챘다. 하지만 그것의 단검 같은 주둥이가 무섭다고 생각해본 적은 한 번도 없었다.

지리부도와 학교의 벽에 걸린 지도 위에서, 커다란 면적을 차지하고 있는 푸른 얼룩의 바다를 나는 백 번은 들여다보았다. 인도양, 대서양, 백해白海, 적해赤海, 아드리아 해. 어릴 적부터 숲이라면 그것이 무엇인지를 나는 알고 있었다. 밤이면 살랑대는 소리를 내며 새벽이 되면 싸늘한 곳. 숲은 무계획하게 방황하는 젊음의 영역이었고, 첫사랑의 은신처였다. 또한 숲의 나와 정이 들었던 헤아릴 수 없는 나무들, 최초로 인식의 눈을 뜬 나의 창 앞에 서 있던 나무들이 모여 있는 곳이기도 했다. 하지만 바다에 관해서는 나는 아무런 상상도 지니고 있지 못했었다. 바다는 차갑고 낯설고, 내가 이해하기에는 너무나 거대하게 보였을 뿐이었다. 바닷속에야말로 지상의 모든 노폐물이, 영원한 밤과 영원한 죽음이 잠들어 있는 듯이 여겨졌었다. 바다는 나의 고향이 아니었던 것이다.

불붙은 남자들

9월도 저물어가는 어느 날, 잿빛으로 흐른 푸근한 오후였다. 나는 야외의 광장에서 조그만 나무 굴렁쇠를 열심히 굴리고 있었다. 높은 교회의 벽과 어떤 조미료 가게, 그리고 근엄하게 대문이 닫혀 있는 저택과 그 밖의 다른 여러 집들에 에워싸여 있는 광장이었다. 희끗희끗 백발이 성성한 검은 머리털의 엄격한 얼굴을 한 부인이 이층집 창가에 서 있었다. 조미료 가게 아래쪽으로는 지하실로 통하는 문이 하나 있었는데, 그곳에서는 망치 소리와 나무통 구르는 소리가 울리고 있었다. 나는 지칠 줄 모르며 내 작고 단순한 굴렁쇠를 굴리기에 여념이 없었다. 그러자 느닷없이 땅 밑에서부터 요란한 폭음이 울리더니 내가 굴리던 굴렁쇠가 픽 쓰러져버렸다. 즐거움에 부풀어 놀고 있던 내 어린 가슴은 한순간 고동을 멈추었고, 놀라 휘둥그래진 눈에는 눈물이 그렁그렁 맺혔다. 땅 밑에서 둔탁한 굉음이 울리고 나서 두 번째의 충격이 닥쳐왔다. 요란한 폭음과 함께 주변에 있던 집들의 초록빛 장식이 된 낡은 창 유리가 쨍그렁 박살이 난 것이었다. 어이쿠! 어머나! 고르지 않게 잔디가 깔려 있던 길 위로 유리 조각이 어찌나 와장창 소리를 내며 흩어졌는지!

무시무시하게 대기를 뒤흔드는 충격과 함께, 시뻘건 불기둥이 담청색으로 풀어헤쳐져 혀끝처럼 날름대는 여러 가닥의 불길을 달고는 지하실 구멍으로부터 뛰쳐나왔다. 각기 세 개로 분리된 불기둥이 불타는 연옥煉獄을 헤집고 불씨를 퉁기며 훨훨 타는 채로 뛰쳐나오며 소름이 끼치도록 비명을 지르는 것이었다.

그들에게서는 죽음의 음성이, 담비貂의 아우성이, 단말마의 고통의 규환이 흘러나오고 있었다. 예리하게 갈아진 무자비한 진짜 강철의 칼날처럼 날카로운 비명은 내 가슴을 찔렀다. 거침없는 불꽃과 불티에 휩싸인 채 이글이글 타오르는 불기둥 중의 어느 하나가 땅바닥에 털썩 주저앉더니 이리저리 사방으로 떼굴떼굴 굴렀다. 그제서야 갈피를 못 잡고 바라보고 있던 나는 그것이 한 사람의 남자였음을, 몸을 싸고 있는 옷에 불이 붙은 한 사람의 살아 있는 남자였음을 알아차렸다.

그 사나이의 옷은 달아오른 불길에 휩싸인 채, 빨갛게 익고 새까맣게 그을린 어깨에 걸려 있었고, 머리털과 이마와 입 언저리의 수염은 이미 그을려 없어져버렸다. 이 사나이가 이렇듯 땅바닥에서 뒹굴고 있는 사이에 다른 두 남자는 불길에 휘감긴 채로 불꽃을 뒤로 날리면서 아래쪽을 향해 경사진 거리를 내달았다. 그곳에는 시멘트와 돌로 에워싸여진 반길쯤 깊은 널따란 시냇물이 흐르고 있었다. 그들이 왜 내달았는지는 명약관화한 일이었다. 불타고 있는 남자들은 고통으로 제정신을 잃은 채 몸에 붙은 불을 끄기 위해 차가운 물속으로 몸을 던질 생각이었던 것이다.

나는 쫓아 달려갈 재간이 없어서 고풍의 한적한 저택으로, 바로 준엄한 얼굴을 한 검은 머리칼의 노부인이 꼼짝 않고 굴렁쇠를 굴리는 내 모습을 바라보고 있던 그 집으로 뛰어들었다. 부인 역시 불붙은 사나이들이 불꽃과 연기에 휩싸인 채 층계를 올라오는 것을 보고 있었고, 그러다가 먹먹하게 대기를 뒤흔들던 충격의 결과로 이마와 턱에 유리의 파편을 맞았던 것이다.

마침 부인은 망연히 생각에 잠겨 창 유리에 기대 있었기 때문이었다. 나는 불안에 떨며 보호를 구하는 마음으로 평안을 지니고 있는 고귀하고 준엄한 얼굴, 항상 내게 깊은 인상과 감동적인 경외감을 불러일으켜주었던, 부인의 편편하게 가르마를 탄 매끈한 얼굴을 올려다보았다. 그런데 이번에는 홀린 듯 소름 끼치는 불가사의한 두 번째 충격이 나를 엄습했다. 조용하고 엄격해야 할 부인의 얼굴이 갈기갈기 찢어진 가면으로 화해 있고, 눈은 유리구슬처럼 툭 불거져 나와 있었던 것이다. 여기서 더욱 나를 놀라게 한 사실은 부인의 검은 머리칼이 하얗게, 그야말로 눈처럼 새하얗게 세어버린 것을 발견한 것이었다. 낯익었던 평소의 모습을 나는 도저히 찾아낼 수가 없었다. 이 한 가지 급격한 현상의 전환은 내게 너무나 크고 엄청난 충격을 주었기 때문에 나는 온통 혼란 속에 빠져버렸다. 따스한 물줄기가 떨고 있는 나의 어린 몸뚱이로부터 허벅지로 흘러내리는 것을 느꼈다. 공포로 인해 나는 어쩔 줄 모르며 자제력을 잃고 말았던 것이다.

그때 나는 알록달록한 조그만 나의 굴렁쇠와 그것을 굴렸던 나무 막대를 가슴에 꽉 껴안았다. 구원을 청할 것, 의지할 것이라고는 바로 이 두 가지 물건밖에 없는 듯이 여겨졌던 것이다. 그러는 사이에 놀라 울부짖는 한 무리의 사람들이 광장에 모여들었다. 몇 사람의 결단력 있는 남자들이 자루와 담요를 활활 펴 들고 불붙은 사나이들을 따라 덮쳐 불길을 사그라들게 하느라 애를 썼다. 가까이 교회 탑에서는 화재의 경종이 날카롭게 울렸고 머리에 노란 투구를 쓰고 작은 손도끼를 든 소방수들이 연기가 푹푹 솟아오르는 지하실 문 쪽으로 소방차를 밀어붙였다. 경찰관들이 돌계단 위에 요란하게 사벨刀를 쩔렁쩔렁 부딪치며, 높은 시청 계단을 껑충껑충 뛰어내려오고 있었다. 그러고는 두 사람의 지방 이발사가 흰 가운 대신 십자가가 수놓아진 청회색의 위생 근무용 윗도리로 바꿔 입고는 들것을 들고 오더니, 경찰들과 맞들어 광장 가운데에다 내려놓는 것이었다.

멍한 마비의 상태에서 깨어나자, 나는 기대고 있던 담벼락을 밀치고 나와서 뒤죽박죽 뒤섞여 몰려오는 사람들의 떼거리를 헤치며 집을 향해 달렸다. 집에서는 어머니가 창밖을 내다보며, 다리가 마비되어 창밖을 바라보는 것으로 호기심을 만족시킬 수밖에 없는 책상다리의 노부인과 한길을 가운데 두고 이야기를 주고받고 계셨다. 그제서야 나는 굴렁쇠를 굴리며 유희의 천국에서 노닐고 있던 어린아이에 불과한 내가 최초의 목격자였던, 그 불행의 좀 더 자세한 원인을 알게 되었다. 나로서는 그것을 정확히 이해하지 못했지만, 통을 만드는 장인匠人이 알코올 용기를 청소하고 연소용 알코올을 비우는 작업에 촛불을 켜서 썼다는 것과, 그때 도제徒弟인 요한 마이어가 불 켜진 촛불을 알코올 통에 빠뜨렸다는 것을 알아냈다. 더 이상 상세한 내막은 아무도 말할 수가 없었다. 지하실에서 일하던 네 사람의 남자 중에서 단 한 사람도 생존한 자가 없었으니까. 아마도 용기가 폭발을 했고 그것이 삽시간에 지하실을 불덩어리로 만든 모양이었다.

그 뒤로도 사람들은 식사시간이나 밤중에 이야기를 주고받을 때면, 그때의 상황이 어땠느냐, 폭음이 정말 대단했느냐, 아니면 그저 심하지 않았느냐, 불꽃이 어떻게 보이더냐, 첫 번째 불타던 남자가 지하실 구멍에서 뛰쳐 올라왔을 때 피어하일리히 부인이 외마디 소리를 지르지 않았느냐, 수다스럽게 물어보았다.

나는 그러한 질문을 듣는 것을 싫어했다. 그런 질문들은 우선 그 당시 내가 당했던 급작스런 극도의 공포를, 하기야 그 모든 것에도 불구하고 일말의 쾌감이 도사리고 있던 공포를 상기시켜주기 때문이었다. 둘째로 이 물음들은 궁극적으로 바지를 적신 사실에 주의를 환기시키려는 목적을 갖고 있기 때문이었다. 그런 물음을 던질 때면 형제들의 얼굴에는 어김없이 비웃는 듯한 냉소가 떠올랐던 것이다.

그것은 그들의 보복이었다. 수주일 동안 온 지방의 화제의 초점이었고, 새록새록, 무시무시하고 끔찍했던 세세한 내용을 갖고 윤색되었던 일대 사건의 목격자가 될 수 없었던 것에 대한 분풀이였던 것이다.

성 니콜라우스의 축일

세 살, 네 살, 다섯 살의 여명기에는 니콜라우스가 엄연히 한 사람의 성스러운 인물로 군림하고 있었다. 어깨에는 금과 은을 장식하고, 옆으로는 어린 마음에 감동적으로 스며드는 음성을 가진, 또한 하늘의 한 조각인 수정의 눈을 한 천사와 나란히 소요逍遙하는 존재로 여겼었다. 맑고 별 밝은 겨울밤이면 우리는 혹시나 인형과 불타는 나무들, 마차와 반짝이는 방울을 손에 든 천사의 무리들이 내려오는 것을 볼 수 있지 않을까, 아니면 무거운 선물 자루를 멘 니콜라우스[산타클로스의 원형, 어린이의 수호 성인]와 그의 종자從者 루프레히트[나쁜 아이를 벌주는 악마의 모습을 한 산타클로스의 하인]가 겨울밤 지상으로 내려오는 황금 사닥다리를 찾아낼 수 있지 않을까 하는 바람을 갖고 니콜라우스의 별자리를 올려다보고는 했었다.

니콜라우스의 손이 머리칼을 쓰다듬기만 해도, 우리는 마음 밑바닥까지 환희의 전율이 흐르는 것을 느꼈다. 눈 덮여 반짝이는 선물 주머니에서 니콜라우스는 크리스마스의 케이크들을 산더미처럼 쏟아놓았었다. 초콜릿 난쟁이, 편도扁桃로 빚어진 양羊, 계피와 아몬드로 만든 고리 과자, 말린 무화과 열매와 물기 많은 배, 아니스 맛 나는 비스킷과 은빛 금빛을 입힌 호도들을. 이 거룩한 천사를 우리들은 진심으로 좋아했고 정신 없이 흥분해서 기도문을 더듬더듬 외며, 언제나 부모에게 순종하고, 거짓말을 하지 않겠으며, 부지런히 공부하고, 동물을 결코 괴롭히지 않고, 늘 화목하게 지낼 것을 맹세했던 것이다.

일곱, 여덟, 아홉에 이르는 유년 시절에는 우리의 성장 변화에 걸맞게도, 무시무시한 니콜라우스가 등장했다. 그 친구는 사슬을 쩔렁거리거나 자작나무 껍질로 된 피리를 음침하게 불어대면서 피할 수 없는 자신의 접근을 알려주었다. 사람이나 천사라기보다는 곰 같은, 오랑캐 같은 몰골을 하고는 아버지의 집 문 안으로 식식거리며 나타나서 텁수룩하고 커다란 주먹으로 문을 흔들어대고는 투덜투덜 쿵쾅거리며 삐걱대는 나무 계단을 올라오는 것이었다. 우리는 그가 먼 동쪽으로부터, 빠져나갈 수 없는 숲의 끝없는 눈밭으로부터 우리를 놀라게 해주기 위해서 창 유리를 깬 것에 대해, 노부인을 놀린 것에 대해, 앵두나무와 배나무 열매를 딴 것에 대해, 새 둥지를 망쳐놓은 것에 대해, 책과 바지를 찢은 것에 대해, 그리고 산 울타리와 낟가리에 불을 지른 것에 대해 우리에게 벌을 과하려고 뚜벅뚜벅 발을 구르며 걸어오는 것으로 믿었었다. 그날은 어린 시절의 개구쟁이 횡포가 더할 수 없이 위압적인 니콜라우스의 심판 앞에 대치되는 날이었던 것이다. 위협하는 듯이 쩔렁거리며 그가 다가오는 소리만 들려와도 우리에게는 간과할 수 없는 죄의 목록들이 떠올랐다. 정월 초하룻날부터 바로 그날까지에 이르는 죄의 목록들. 그날이야말로 나로서는 도저히 피해 달아날 수 없는 심판일처럼 생각되었고, 그는 무자비한 재판관처럼 나를 향해 호통을 쳐왔었다. 그 누구도 그로부터 벗어나서 도망을 칠 수는 없었다.

그래서 마침내 그의 주먹에 움켜잡히면, 나는 버둥거리며 고함을 질렀지만 어느 틈엔가 채찍이 쉭쉭 소리를 내며 철썩 나를 향해 내려쳐지는 것이었다. 그는 커다랗게 입을 벌린 포대 속으로 우악스럽게도 나를 처넣었고, 다만 그것도 어머니의 간청 덕분으로 나의 머리만은 밖에 내놓아도 좋다는 허락을 받았다. 그러고 나서 나는 내가 저지른 모든 비행非行, 음탕스런 말씨와 게으름을 속죄하여야만 했다. 이제는 다시 그러지 않겠다고 맹세를 하며 부모에게 용서를 빌었다. 그리하여 포대 속으로 처박혀질 때에는 검은 양이었던 내가 하얀 양이 되어 다시 빠져나올 수 있었지만, 역시 부끄럽고 내심으로는 격분한 상태임은 어쩔 수 없었다.

섶나무 채찍이 다시 한번 공중에서 쉭 소리를 내더니 니콜라우스는 그것을 아버지에게 건네주었다. 그러고 나서야 그는 가져온 선물을 식탁 가운데나 바닥에 쏟아놓는 것이었다. 그리고 며칠이 지나면 어느덧 그의 음침하고 불쾌한 모습은 씻은 듯이 잊혀져버리고 다시금 난폭한 어린 개구쟁이 짓이 눈을 뜬다. 골목 안은 떠들썩한 소음으로 가득 찼고 창 유리의 주인들은 다시금 조마조마한 공포에 사로잡히는 것이었다.

그다음 해에 형과 나는 니콜라우스를 골탕 먹이기로 작정을 했다. 그때 우리가 살던 집은 우리의 깜찍한 계획을 실천하기에는 퍽 유리한 구조였다. 거실로 들어오려면 좀 울툭불툭한 넓고 긴 복도를 통해야만 했던 것이다.

모두들 거실에 앉아 있고, 니콜라우스와 그의 종자 루프레히트의 방울 소리, 쩔렁거리는 사슬 소리가 아득히 들려올 때 형과 나는 핑계를 대고 방을 빠져나왔다. 복도에는 조그만 석유 램프 하나가 희미하게 밝혀져 있었기 때문에 구석 쪽에는 새까맣고 깊은 그늘이 드리워져 있었다. 부엌 안이 비좁아서 복도 구석에다가 항상 커다랗고 넓적한 통에 물을 하나 가득 채워 놓아두고 있었다. 우리는 이 통을 복도 가운데로 밀어놓았다. 그러고는 등불을 더욱 어둡게 낮춰놓고는 굵직한 끈을 물통 앞을 가로지르도록 댓돌 위로 팽팽하게 잡아당기며 일어섰다. 나는 커다란 찬장 그늘 속으로 바싹 붙고 형은 열려 있는 부엌문 뒤에 몸을 감춘 채. 어느덧 사슬 소리가 현관 안으로 쩔렁거리고 들어서더니 계단을 올라오고 있다. 이번의 니콜라우스는 지난해의 니콜라우스처럼 그렇게 우악스럽고 난폭한 모습이 아니었다. 하지만 이것저것 견주어볼 새도 없이—이 무서운 존재는 날카로운 여자의 비명을 지르며, 팽팽하게 잡아당긴 엉큼한 줄에 걸려 넘어졌고, 얼굴과 목, 상체가 통에 꽝 부딪혀 물벼락을 뒤집어썼다. 우리는 날쌔게 숨어 있던 곳에서 뛰쳐나와 넘어진 성자聖者에게로 달려갔다. 나는 그가 떨어뜨린 자루를 집어들고 아버지방으로 뛰어들어가 양친의 침대 밑으로 숨어버렸고, 형은 넘어져 흠뻑 젖은 성자에게서 가죽모자를 벗기고 수염과 솜을 넣은 주머니들을 잡아떼고는 어두운 복도를 되돌아 나무 발코니로 도망을 쳤다. 그리고 집 안에서 가장 조용한 발코니 끝에 틀어박혀서, 복도에서 발생한 사건에 대해서는 조금치도 아는 바 없다는 듯이 홍얼홍얼 휘파람을 불었던 것이다. 하지만 복도에 그대로 남아 있던 끄나풀, 그것이 우리를 폭로시키는 반역자 노릇을 했고, 그날 밤을 더없이 고통스러운 밤으로 만들어주었다.

우리는 대단히 영웅적인 행동을 했다고 믿었지만 실상은 우리를 설레게 하던 아름다운 꿈을 깨뜨린 것에 불과했다. 그 성스러운 니콜라우스는 우리의 이웃에 살던 처녀, 아말리 래드라인이었고, 그 뒤 그녀는 어느 우편배달부에게 시집을 가고 말았던 것이다.

마인 강의 예인선

나와 이제는 그럭저럭 잊고 지내는 옛 친구들, 날쌔고 대담했던 프랑켄의 친구들에게는 '메쿠'라고 불리는 소리, 마인 강에서 사슬로 배를 끄는 어둡고 울부짖는 듯한 소리야말로 가슴 설레게 했던 매혹적인 울림이었다. 그것은 섬뜩한 느낌을 주는 소리였다. 고풍의 창 유리를 흔들어대던 소리. 끓어오르는 강 안개를 뚫고 무엇인가 갈구하듯이, 경고하듯이 들려오던 소리. 푸른 잿빛의 어스름 황혼 속에서 음산하게 울려 퍼지던 소리. 이슬 반짝이는 여름 새벽, 어린 마음에 대담한 모험심을 불러일으켜주던 소리. 또한 그것을 바다 여행에 관해, 강의 비밀에 관해, 음악 소리 쿵쾅거리는 항구의 주막에 관해, 화려하게 용솟음치는 위태로운 인생에 관해 이야기해주는 소리이기도 했었다.

이 소리는 마인 강변에서 꿈처럼 흘려보냈던 어린 시절과 내밀內密의 부도덕과 반항에 가득 차 있고 터무니없이 용기에 충만해 있던 프랑켄에서의 소년 시절을 계속해서 나와 동반했었다. 숱한 세월이 흐르는 동안, 하고많은 날, 이 배의 울음소리는 유년 시절과 소년기의 나에게 이야기를 건네왔었다. 젊음의 날들. 그 시절, 이 강변이야말로 가장 사랑하고 정들었던 나의 생활무대였다. 그 강변에서 어린애였던 나는 번번이 물에 빠져 죽을 뻔했었다. 진흙투성이로 물을 뚝뚝 흘리며, 입과 배 속에는 올챙이처럼 물을 먹은 몰골로 건져내어져서는 욕지거리를 하는 모래 파는 인부에 의해 흠뻑 젖어 달라붙은 머리칼을 잡히거나, 어부의 손에 멱살을 움켜잡힌 채 고기잡이통과 타르 칠한 두레박이 있는 강변으로 질질 끌려갔었고, 마침내 목구멍으로부터 먹은 물을 토해내었던 것이다.

그것은 어느 강변이었던가?

그것은 밤베르크와 하스푸르트의 버들 숲이 레이스처럼 둘러선 강변이었다. 또 하나의 강변은 마인 강변의 데텔바흐 풍경의 한 부분으로서, 포도원을 에워싸고 밀과 옥수수 향내가 나는 곳이었다. 이 강변은 세기의 전환기까지만 해도 흡사 메리안이 남겨놓은 동판화에 나오는 마을 풍경 같았다. 프랑켄의 쾌적한 새의 깃 같은 은신처. 그곳은 맑은 날씨에는 태양이 뜨겁게 쨍쨍 내리쬐었고, 여름의 몇 주일 동안은 뇌우雷雨가 무섭게 몰아쳤었다. 그리고 9월과 10월 안개를 헤치고 불어오는 비단결 같은 바람이 이곳의 계곡을 긴장시킬 때면 포도와 포도즙의 달콤한 향내가 번져왔었다.

그러고 나면 우리는 강변에 면한 포도원에서 즐거운 포도 추수를 했다. 마인슈톡하임과 키칭엔으로 통하는 좁고 먼지 이는 도로가 우리에게는 그렇듯 아득히 발 밑으로 보일 수가 없었다. 우리는 높은 언덕에서 가위와 낫을 들고 줄기로부터 포도송이를 채집했고, 아니면 비바람에 상하고 말라버린 나뭇가지들을 쌓아놓고 불을 질렀다. 그러고는 그 모닥불에다 돌벚나무 덤불 밑에 자란 마른풀과, 아직도 어린 돌벚의 탄알들을 던졌다. 돌투성이의 가파른 오솔길을 장식하고 있던 이 돌벚 열매들은 꽃피는 봄에는 하얗게 거품처럼 피어 일더니, 이제 가을이 되자 푸르죽죽 어둡게 축축 드리워져 있었다. 이렇게 불꽃이 타닥타닥 타오르는 사이에 뷔르츠부르크의 바이에른 황실 제9보병 부대에 복무했던 농노와 장인이

쓰던 무기인 열매의 포환이 요란한 폭음을 내기 시작했다. 열매의 사격의 영향이 어찌나 요란했던지, 새까맣게 타버린 낙엽 나부랭이들이 주변으로 흩어져버렸고, 메아리가 세 번이나 굴절하여 협곡을 굴러가서 도망치는 토끼를 서두르게 만들었다. 하지만 이 포탄 소리도 불현듯 강 어구를 돌아오는 울부짖음, 길게 여운을 끄는 '메쿠'의 음향에 의해 삼켜지고 몰아내어지고 말았다. 붕붕거리는 벌의 소리 같은 둔탁한 음향은 어느덧 뚝 그치더니, 다시금 좀 더 가까이서 사슬의 쩔렁거리는 소리와 노櫓의 소용돌이에 어울려 요란한 굉음이 울려오는 것이었다. 그것은 사그러져가는 프랑켄의 가을 풍경에 어울리는, 이미 너무도 익히 들어왔던, 하지만 그 소리를 애타게 기다리는 어린 귀에는 끊임없이 동계動悸와 내밀의 전율을 가져다주던 경이스런 음향이었다. 태고의 거대한 동물이 내는 듯한 소리. 괴물의 소리. 넓게 우렁차게 울려퍼질 때면 마인 강변 데텔바흐 초등학교의 어린이들을 설레게 하던 소리였다. '메쿠'의 소리 안에는 선생님의 음성보다 더욱 위대한 힘이 감추어져 있었다. 그 소리가 들리면 선생님도 창가로 다가서서 한순간 얼굴에 환한 광채를 띠우시고는 바깥을 향해 귀를 기울이셨고, 우리의 연한 어린 등을 굽게 했던 걸상에 짜증스럽게 끼어 앉았던 우리 모두도 어느덧 얼굴에 환한 빛을 떠올리고 있었다. 모두의 생각은 한결같이 구물구물 준동蠢動하는 무리를 이루어 마인 강변에 모여들었다. 그야말로 어린애들의 식으로 우리는 갑판 위에서 잽싸게 내닫는 한 마리의 개, 스피츠를 향해 계속 마구 짖어대고 있었다. 그러면서 사슬이 움직이는 모양을 자세히 구경하고 있었다. 사슬은 물방울을 뚝뚝 흘리며 거울 같은 마인 강 수면에서 올라와서 북처럼 쇳소리를 내면서 배 위로 감아 올려졌다가는 선미船尾에서 다시금 쩔렁거리며 밑으로, 강 밑바닥으로 가라앉는 것이었다.

그리하여 우리는 학교에서 빠져나오게 되면, 그 학교는 정교한 내닫이창이 장식되고 있고 당당하고 웅장한 옥외 계단이 갖춰져 있는 소문난 후기 고딕식의 건물인 데텔바흐 시청 안에 자리 잡고 있었는데, 아무튼 학교가 파하게 되면, 그리고 방학을 맞으면, 우리 모두는 어린 강아지들처럼 '메쿠'를 향해 헤엄을 쳤다. 그것은 예인선의 항적航跡 안에서 번쩍거리는 광채를, 광채의 한 조각이라도 붙잡아보기 위해서였다. 음침하고 요란스러운 예인선이 유래되어온 발상지는 이 좁고 외딴 프랑켄의 작은 도시가 아닌 모험에 가득 찬 끝없는 세계였기 때문이었다. 그곳은 아득히 먼 곳이었다. 그곳에는 라인 강변의 융성한 여러 도시들과 네덜란드의 저지대, 그리고 바다가 있었다. 이 바다라는 말 앞에서 우리는 숨을 죽였다—바다라는 것은 우리에게 존재하는 사물들 중에서 가장 무시무시한 괴물이었던 것이다.

314킬로미터, 아니 그보다도 더 긴 사슬. 470만 개의 고리로 이어진 사슬. 그것은 쇳소리를 쩔렁거렸다. 어언 수십 년 동안을 이 수백만 개의 고리들은 마인 강의 밑바닥에 놓여 있었던 것이다. 그러고는 점토빛으로 초원을 뒤덮는 봄철의 만조滿潮가 그 위로 쏴쏴 흘러갔고, 차갑게 얼어붙은 겨울은 쩔그렁 얼음덩이를 지치고 지나갔으며, 여름이면 프랑켄 숲 뗏목의 그늘이 그 위로 표류하며 사라져갔다. 매끄러운 뱀장어들은 이 사슬에 진을 쳤고, 강 조개가 금속에 엉겨붙었으며, 또한 익사한 소녀까지 숱한 고뇌에서 벗어나 이 사슬에서 휴식을 취하고 있었다. 그 소녀는 재산에 집착하는 완고한 부모가 반려로 정해준 사나이한테 한평생을 맡기기가 싫어서 죽음을 택해 물속으로 뛰어들었던 것이다.

이것은 바로 이런 사연을 지닌 사슬이었다. 물에 씻기고, 물고기의 꼬리가 스쳐 지나가고, 주변에서 모래가 사각거리는 470만 개의 낱낱의 고리로 이루어진 영국의 생산품. 바이에른 제후 루드비히 1세의 명령으로 사슬이 설치되던 그 당시만 해도 독일의 공업이 그런 사슬을 미처 생산할 수가 없었기 때문이었다. 또한 그때까지만 해도 강에서는 물귀신들이 애절하게 노래를 부르고, 비늘이 달린 물의 요정들이 있었는데, 그들에게는 이 사슬이 반짝이는 장난감이었다. 우리 어린 애들에게도 역시 이 금속으로 된 뱀을 잠수해서 구경하고 조심스럽게 손가락으로 건드려보는 것이 최대의 모험이었다.

몇 킬로미터인가를 나는 그 위에서 헤엄을 치며 사슬을 따라갔다. 또 물과 진창으로 인해 부식된 고리들에서 사슬의 신비한 생명에 대해 여러 가지를 알 수 있었다. 바위의 여울灘과 끓어오르는 모랫길, 그리고 교각橋脚 밑에서의 사슬의 행로에 관해서. 가라앉아 썩어버린 방울과 걸려버린 어망, 로마 시대의 작살과 스웨덴의 기병용 권총, 그리고 중세 농민전쟁에 쓰이던 녹슬어 썩어버린 칼에 관해서. 하지만 그것은 아직 모든 것은 아니었다. 그것들은 어떤 우연한 사건을 겪고 마인 강의 바닥, 사슬에까지 가라앉았던 부산물에 불과할 뿐이었다. 또 한 가지 이 사슬에 걸려 있는 다른 것을 나는 수업 시간에 학교 선생님으로부터 알게 되었다. 그것은 사람들의 증오심이었다. 하나의 새로운 사물, 새로운 길, 새로운 사상, 새로운 창작에 대해서는 증오심이 흔히 있을 수 있듯이 맹렬히 선동하는, 한때는 악의에 차서 진심으로 거품을 품어가며 욕설을 퍼붓던 인간들의 증오심이었다. 거기에는 과거의 뱃사공, 모래를 파는 인부들, 포도원에서 땅을 가는 일꾼들, 네덜란드의 벌부筏夫, 아샤펜부르크까지만 가는 바이스의 벌부, 그리고 숱한 인간들의 증오심이 내포되어 있었다. 사람들은 왕에게 항의를 하고, 저주를 내뿜으며 흥분해서 모임을 열고, 돌을 던지며 주먹을 불끈 쥐면서 증오심을 일으켜왔다. 그들은 예인선의 연기를 가축 전염병의 원인으로 여겼고, 어린애가 마인 강에 빠져 죽거나, 벌부가 뗏목에서 떨어지거나, 어부가 고깃배에서 익사하더라도 예인선을 탓했다. '메쿠'는 악마의 소행이라는 이름이 붙여졌고, 강으로 인한 모든 불행의 책임을 덮어썼다. 그런가 하면 예인선이 운임을 훨씬 싸게, 신속하게 뷔르츠부르크와 밤베르크로 운송해줄 테니까 철도가 필요 없으리라는 소문까지 퍼졌다. 모든 편견이 그렇듯이 마인 강의 예인선과 그 사슬이 해로운 존재라는 주장 역시 그릇된 것이었다.

강철로 이루어진, 배라는 괴물의 화려한 장식품. 기름으로 더러워져 새까맣고, 육중하면서도 적재력 있는 이 '메쿠'의 존재는 물고기를 대량 학살하는 해를 끼쳤지만, 즉 그것이 생긴 이래로 물고기들이 초록빛, 보랏빛으로 번쩍이는 폐수와 노폐 가스에 중독되어 배때기가 뒤집힌 채로 마인 강을 따라 둥둥 떠내려가게 했지만, 그것은 결정적인 것은 아니었다. 또한 그것의 존재는 그 당시 사람들이 두려워하던 대로 연기가 계곡 쪽으로 몰려오는 습한 날이면, 노랗게 황금빛으로 익은 열매를 향해 악마의 꼬리를 돌려대고는, 달콤한 열매에다 검정 연기를 한 겹 발라놓는 식으로 포도원을 해쳤지만, 그것은 그래도 결정적인 것은 아니었다.

그것이 결정적으로 해친 것은 어깨에 예색曳索을 둘러메고 적재한 예인선을 마인 강을 역류하여 끌고 가던 사나이들, 수천 사람의 발이 딛고 간 길, 흔들리는 버들 숲과 바싹 말라 축축 늘어진 갈대가 에운 아름다운 배 끄는 길을 한 발짝 한 발짝 내딛던 사나이들의 흉중에 심어준 자격지심이었다. 해묵은 한 편의 강의 시詩인 이 사슬은 억수 같은 비처럼, 아침 이슬처럼 뚝뚝 흐르는 사나이들의 땀방울로 적셔진 채로 하나의 울타리처럼 마인 강을 따라 길게 깔렸다. '메쿠'의 애절한 울음은 배의 기관의 우렁찬 붕붕거림에 의해 흩날리고 뒤덮여버렸다. 원래 개선 행렬이란 이렇듯 무자비하고 은총을 모르는 것이다. 그렇다 해도 예색의 울림과 호소는 마인 강변에 살던 모든 어린이의 마음을 더욱 크게 넓혀주고 설레게 했고, 기선의 물 젓는 바퀴가 일으키는 거품을 보고도 어린이들은 미역을 감고 잠수를 하고 싶은 충동을 느꼈던 것이다.

프랑켄의 꽃동산

이틀간 계속되던 어린 시절의 성신 강림절에는 얼마나 사랑에 차서 프랑켄의 초원 풍경을 정관靜觀했던가. 그곳 언덕에는 너도밤나무 숲이 자작나무와 신선한 낙엽송과 어우러져 있었다. 국도國道에는 아직도 뽀얀 먼지가 뒤덮여 있었는데, 느닷없이 몰려오는 돌개바람이 먼지를 몰아붙이더니 빨아들이듯 회오리를 치면서, 금속처럼 반짝이는 포플러 나무의 행렬 위로 흩날려버렸었다.

초원의 여기저기에는 사랑스럽게 불쑥 자란 여름 풀들이 머리를 숙이고 한들거리고 있었다. 어리뒤영벌이 붕붕거리고 나비가 하늘거리는 차가운 풀밭에 누워본 사람만이 이 아름다움을 만끽할 수 있으리라. 지금까지 볼 수 없었던 섬세한 여름의 쾌적한 자태를 과시하며 자칫 부드러운 미풍만 불어와도 고개를 숙이는 풀밭의 파도. 이것을 어떻게 표현할 수 있을까! 무엇보다도 이삭처럼 원통형의 꽃차례를 가진, 더부룩하니 솜털이 나 있는 가냘픈 줄맨드라미, 어린 고사리 손은 이 꽃이 만발할 때면 위에서 아래로 꽃차례를 따라 더듬어보며 시간 가는 줄을 몰랐었다. 만개했을 때 그 꽃은 흡사 빨간 여우 꼬리처럼 보였고, 초록빛 솜털 외투를 입고 딱딱해져 있는 조그마한 꽃의 표면은 어린이의 손가락에 구릿빛 꽃가루를 묻혀주는 것이었다.

이 꽃의 가장 가까운 이웃으로는 가볍고 사랑스러운, 흔하디흔한 나비꽃풀의 크고 엉성한 가지가 한들거리고 있었다. 이 꽃은 안정감 없이 가냘픈 줄기를 가졌지만 어린이다운 기분에 맞아 사랑을 받는 초목이었다. 이와 마찬가지로 흔히 볼 수 있는 풀로는 조그만 초록빛 꽃심이 끊임없이 흔들거리기 때문에 그런 이름이 붙여진, 달걀 모양의 작은 이삭이 실처럼 섬세한 꽃가지에 달려 있는 방울풀이 있었다. 이런 풀들 때문에 의젓하게 예복을 차려입은 소년은 축축한 풀밭을 헤치며 진창 속을 걸어가서 마음들을 꺾었다. 전설에 의하면, 그 꽃들은 어떤 잔인무도한 초원의 요정이 수줍은 풀밭의 왕녀들을 살해하고는 말리기 위해 걸어놓은 왕녀들의 심장이라는 것이었다.

여름이 막 문을 여는 이 시기에 정원에는 옛날 농부들이 관습에 따라 요절한 소녀나 수녀들의 무덤에 심었다는 백합꽃이 만발했었다. 내 할머님의 정원에도 희귀해진 종자의 백합이 만발해 있었다. 그래서 어느 강림절 방문객이 백합이 아름답다고 찬양을 하면 할머님은 빙긋 웃으며 말씀하셨다. "이것을 기르는 데는 간단한 처방이 있지요. 백합은 머리 쪽은 따스하고 발치는 차갑기를 원합니다. 나야 발이 따스하고 머리가 차가운 게 좋지만요." 꽃나무에 홀딱 반했던 할머니는 뿌리와 줄기 쪽으로는 그늘이 지게 하고, 꽃과 봉오리는 따스한 햇볕을 담뿍 마시게끔 백합 화단을 마련했던 것이다.

내가 좋아하던 백합은 하얗고 흡사 밀랍 같은, 꽃받침에 황금빛 꽃가루가 슬쩍 묻어 있는 마돈나 백합이었다. 그 꽃의 근엄한 자태를 보면 스페인 궁전의 빳빳한 꼬마 공주가 연상됐다. 정원에는 또 다른 꽃들, 얼룩얼룩한 옷을 입은 레오파드 백합과 자줏빛 반점이 있는 골드반트 백합이 있었다—그것은 마치 낯설고 진귀한 꽃의 여왕들이 회담을 벌이고 있는 듯한 풍경이었다. 그 꽃들은 일개 부대처럼 열을 지어 마취시키듯 톡 쏘는 달콤한 방향芳香을 더운 대기를 향해 내뿜는 것이었다. 이 거만하고 화려한 아름다운 꽃들이 지금도 프랑켄의 어느 정원에 피어 있을까? 그리고 그 옆에는 성신 강림절에 피는 작약의 불꽃이, 격렬한 사랑에 사로잡힌 선정적인 여인 같은, 그 아름다운 꽃나무가 아직도 불타고 있을까? 성신 강림절이 오면 때맞추어 정원의 작약을 만개시켜 불타게 하는 것이 할머님의 특별난 비결이었다. 그 꽃은 땅바닥에 떨어진 꽃잎까지 늘름거리고 타는 듯이 느껴질 만큼 웅장하고 거센 불꽃이었다. 그 꽃 중의 어떤 것은 '개선'이라는 이름이 붙여졌었다. 과연 그것은 초록빛 위로 활활 타오르는 혁혁한 개선, 바로 그것이었다.

이 붉은 꽃의 또 다른 종류는 지상으로 내려온 타락한 우두머리인 '라파엘'이었다. 천국의 대전大戰에서 나락으로 떨어진 라파엘의 심장의 피가 초록빛 대지 위로 흘러서 불타는 여름꽃으로 화했다는 것이었다. 이 위대한 작약과 어울려서 하얗게 뽐내는 시원스런 자태의 눈꽃풀이 있었다. 그중의 어떤 것은 '그레첸'이라는 이름을 갖고 있었는데, 이렇듯 그 꽃은 막 피어나는 처녀처럼 순결하고 수줍은, 겸손하면서도 오만한 모습이었다. 이 꽃의 영롱하고 신선한 광채는 정열적인 빨간 불꽃과 신비스런 대조를 이루고 있었다.

나는 선정적으로 활활 타오르는 암적색의 작약을 제일 좋아했다. 그 꽃이야말로 여름의 여왕으로서 가장 적합한 상징으로 여겨졌기 때문이었다. 이렇듯 프랑켄의 성신 강림절은 뜨거운 만개의 황금기였다. 그것은 또한 아름다운 장미의 계절을 부르는 서곡이기도 했다.

나는 그 정원의 숭고한 장미 덤불 앞에, 백장미 '마농 코케트', 우아한 흑장미 '마르크 아르투르', 사프란 노란빛의 '멜로디' 앞에, 그리고 어스름 황혼에 사랑하던 내 소녀의 머리 위에 뿌려주었던 분홍 꽃잎의 '아니 로리' 앞에 황홀해서 넋을 잃은 채 곧잘 서 있고는 했었다.

성신 강림절!…… 그때가 되면 숲은 투명한 너도밤나무 수관으로 지붕을 이루고는 자신을 활짝 열어주었다. 그리고 우리들을, 또 우리의 방황의 노래들을 품 안에 안아주었다. 계곡 바닥에는, 정원에서 온순한 노루가 놀고 울타리에는 날개 잘린 까마귀가 앉아 있는 외딴 숲 속의 집들이 자리 잡고 있었다.

성신 강림절!…… 그때는 초록빛 초목의 도취 상태가 프랑켄의 전 포도밭 마을로 번져가는 계절이었다. 그래서 온 마을을 뒤덮는 거대한 보리수 그늘 밑으로 농사 짓는 악사들이 모여 앉아 사랑의 노래와 댄스곡을 연주했고, 그 메아리가 몽롱하게 포도원 산지에 부딪혀 되돌아왔었다. 나이 든 어른들은 꽃핀 돌벚나무 가지를 한아름 안고 집으로 돌아왔다. 성신 강림절에 꽃핀 나뭇가지를 한동안 꺾어 들고 있으면, 그 가지 안에 잠재한 힘과 아름다움이 자신에게 전달되어온다는 구전이 있었기 때문이었다. 소년들은 이 설說에 개의하지를 않았었다. 우리는 돌을 던지고, 딱정벌레를 잡고, 새 둥지 위의 나뭇잎을 흔들어 떨기 위해서나 우리의 손을 사용했을 뿐이었다. 힘과 생명력으로 충만한 가지들처럼 우리들 자신이야말로 싹트고 꽃피고 있었던 것이다.

실종된 아저씨

마인 강변의 뷔르츠부르크에서 성장한 소년, 어린 머릿속이 라틴어의 순환문循環文과 《오디세이아》에 나오는 그리스어의 선명한 시구詩句만으로 가득 차 있는 소년은, 어느 날 끊임없이 일어나는 호기심의 초점을 낡은 책상서랍으로 돌렸고 그래서 편지와 쪽지, 메모와 그 밖의 수기들의 틈바구니에서 너무나 오래되어 가장자리가 노랗게 너덜너덜해진 종이 뭉치를 찾아냈다.

이런 일은 흔히 있는 일이다. 누구인가 홀연히 사라지면서 자신이 수년 동안 지켜왔던 비밀을 온 세상 앞에 남겨 놓게 되면, 그것이 그다음에는 타인에 의해 수치나 거리낌 없이 읽혀지는 것이다. 하지만 이 어린 소년은 비밀을 완전히 이해하지는 못했다. 모든 것이 소년에게는 이질적인 것이었다. 소년은 인간과 세계와 사물에 대해 다른 비밀, 다른 인상, 다른 관념을 지니고 있기 때문이었다. 사랑의 슬픔과 전율을, 한 어린 소년이 어떻게 받아들여야 옳단 말인가? 정욕과 환락에 해당시켜 날조해낸 비밀의 언어를 어떻게 흡수하면 좋단 말인가? 소년의 생生은 아직도 10월의 바람 속에 날리는 연鳶과 공놀이와 덜컹대며 쏜살같이 달리는 오토바이와 주름지고 털투성이인 선생님의 얼굴로 가득 차 있었다. 지금껏 소년은 주눅이 든 적도, 절망이나 심한 환멸에 빠져본 적도 없었다. 소년이 아침 잠자리에서 일어날 때 동계動悸를 일으킬 만큼 짓누르는 것이 있다면 기껏해야 공부시간에 필요한 수학의 어떤 법칙과 대수의 몇 가지 공식을 외지 못했다는 정도이다. 아직까지도 소년은 학창 시절이 지나가버리면 인생의 낙원의 입구에 도달하리라고 믿고 있는 것이다.

소년은 어느 여름날 오후, 하룻밤 새에 남아메리카로 여행을 떠나 그곳에서 실종되어버린 아저씨의 유산을 발견해낸 것이었다. 지붕 너머로는 거대한 탑들과 뇌우를 동반하는 구름덩이가 보였다. 소년은 어디로 가야 할지 알 수가 없었다. 마인 강변의 해수욕장에는 아까 번개가 쳤으니 이제 빗줄기가 내리치고 있을 것이고, 소년이 친구들과 어울려 골에서 골로 공을 차고 놀던 풀밭은 석회질로 된 국도에서 몰려온 모래 먼지의 소용돌이에 빠져들어가 있었다. 소년은 무슨 행동을 해야 할지 도저히 무용無用한 이 순간에 아저씨의 방이었던 이곳을 생각해냈던 것이다. 너무나 오랫동안 아무도 발을 들여놓지 않은 방. 어쩌다가 큰 휴일이나 축제일이 다가올 때에야 우중충하니 썰렁한 방 안에서 청소부가 걸레와 양동이를 가지고 쓸어내고는 다시 닫아놓았던 방. 바로 이 방을 소년은 생각했다. 그리고 다른 별난 일을 할 것도 없었기 때문에 초록빛 조각이 된 책상 앞에 앉았다. 책상 앞에는 말라버린 잉크병과 뭉툭한 연필이 한 자루 놓여 있고 야릇한 제목이 붙은 책들이 뒷면을 보이고 있었다. 소년은 먼 곳을 동경하는 마음과 여행욕을 불러일으키는, 그래서 그의 아저씨를 먼 세계로, 곧 행방불명으로 몰아간 악마가 이 책들 안에 잠들고 있다는 것을 알고 있었다. 정말 아저씨는 책상 앞에 자주 앉아 계셨지. 소년은 생각했다. 그러고는 유명한 여행의 도정을 지도에서 들여다보았다—알렉산더 대제의 행군, 마르코 폴로의 여행, 피사로의 페루로의 원정, 스코트와 난센의 비참한 얼음길, 바스코 다 가마의 쓰라린 항해의 길을.

그러는 동안에 번갯불이 창 유리에 비치더니 둔탁한 천둥이 창을 흔들며 울렸다. 그러고 나서 첫 번째 빗줄기가 쏴 소리를 내며 보송보송 말라 있는 빨간빛 돌로 된 창 난간을 가볍게 때렸다.

소년은 책상에서 일어나서, 몇 가지 메모첩을 들고 창 앞으로 다가섰다. 책상이 있는 데까지는 일광이 충분히 밝게 미치지를 못했기 때문이었다. 종이 위에는 깨알같은 글씨가 휘갈겨 있었다. 소년은 가까스로 글자를 해독해가며 생각을 했다—아, 세월 안에는 얼마나 유사한 반복이 자리 잡고 있는가. 이렇게 뇌우가 몰아치는 날, 땅거미 지는 어스름 속에 나 역시 똑같이 여기 서 있다. 그리고 아저씨가 수년 전에 자신의 느낌과 생각을 써 내려간 종이를 손에 들고 있다. 아마 아저씨가 계셨더라도 책상 앞에 앉으셨을 것이고 모든 경치 위로, 창 앞으로 역시 뇌우가 몰려와 빗발이 내리치고 어둠침침해졌을 것이다.

소년은 씌어 있는 것을 차근차근 해독해나갔다. 그리고 글줄을 다시 찾느라 여러 번 바싹 얼굴을 숙이지 않을 수 없었다. 글자들은 이따금 쫓기듯이 너무나 급히 휘갈겨, 아주 깨알같이 작고 거의 읽을 수가 없게 되어 있었기 때문이었다.

소년의 얕은 이해력으로는 그 문장의 방식과 본질을 속속들이 파악할 수는 없었고 다만 어디인가 슬프다는 느낌을 받았을 뿐이었다. 하지만 역시 그 안에는 커다란 불안과 영혼의 방황과 반항의 요소가 내포되어 있다는 것도 소년은 깨닫고 있었다. 이 고백이야말로 그의 아저씨가 아득히 무더운 원시림으로 영원히 잠적하러 떠나기 전에, 마지막으로 써놓은 글줄임을 느낄 수 있었던 것이다.

그리고 소년은 스스로에게 다짐을 했다. 결코 고향의 품을 벗어나지 않으리라. 아름답고 정든 고향의 풍토에 머무르리라. 선생님이나 의사가 되어 거대한 숲의 검은 그늘이 드리워진 마을, 가로수 길과 포도원 사이에 아늑히 들어앉은 마을에서, 아무런 구속 없이 정관靜觀하는 생활을 누리리라고 맹세를 했던 것이다.

아버지와의 대화

이미 저세상으로 가신 아버지, 아버지께선 얼마나 가볍고 홀가분하게 자연을 산책하길 즐기셨던가! 아버지가 거니시던 산책길은 대체로 돌벚나무 덤불과 불쑥 자란 풀들이 어우러져 있고, 즐거운 멧새의 엉성하게 엉클린 둥지들이 그 밑에 감추어져 있는 두렁길이었다. 그리고 산책 코스는 프랑켄의 포도원 쪽으로 이어졌었다. 우리의 구두 밑으로는 따가워진 작은 차돌들이 아래쪽으로 굴러떨어지고 있었다. 산봉우리 위에는 의연한 호도나무를 지붕으로 하고, 머리에는 금빛 구리관을 쓴 푸른 마돈나 상像이 서 있었는데, 이 마돈나 상의 뾰족한 발 밑으로는 실날같이 가는 은빛 초승달이 걸려 있었다. 마돈나 상은 바로 망망한 조망眺望의 한가운데 서 있었다. 아래로는 비단을 휘감은 듯한 초원과 계곡이 내려다보이고, 위로는 건너편 언덕이 바라보였다. 건너편 언덕에는 갈색 수도복 위로 기다란 잿빛 돌수염을 늘인 성 요제프의 상이 서 있었는데, 성 요제프 역시 이쪽 편을 마주 보고 있었다. 아마도 우리 언덕 위의 마돈나가 그렇듯 조용히 미소를 머금고 있었던 것은 바로 이런 이유에서였던 모양이다.

아버지와 나는 마돈나 상의 받침대 밑으로 성깃성깃 널따랗게 펼쳐져 있는 뗏장 위에 앉았다. 그러고는 흐뭇하게 침잠된 마음으로 프랑켄 언덕을 따라 기어오르며 피어 있는 클로버의 꽃으로 인해 보랏빛으로 물든 한낮의 정밀靜謐을 바라보았다. 아버지는 지팡이를 손바닥 사이에 넣고 빙빙 돌리고 계셨다. 나는 두 손으로 몸을 괴고 드러누웠다. 그늘진 풀밭에서 스며오는 차가운 기운을 나는 얼마나 좋아했는지 모른다.

"이렇게 마음이 가라앉고, 신선이 노는 것 같은 경건한 세계가 좋지? 네가 죽는 날까지 이런 세계에서 살고 싶지 않으냐?"

아버지는 나와 야외로 나가시면 이런 묘한 질문을 던지셨다. 그때만 해도 나는 이런 언덕 사이에 들어앉은 마을 풍경,

말하자면 넓은 초원 사이를 조그만 시냇물이 느릿느릿 굽이쳐 흐르면서 한적한 고읍古邑의 이끼 낀 성벽을 씻어주는 이런 정도의 풍경보다는 한결 아름답고 장려한 풍경이 어디를 가든 얼마든지 있다고 믿고 있었다. 그래서 이렇게 말했다.

"저는 이 마을의 풍경을 더없이 사랑하고 시詩의 표상으로 영원히 간직할 거예요. 그렇지만 여기가 저의 인생 무대의 전부일 수는 없습니다. 아버지, 저는 한 번도 본 적이 없는 바다를, 한 번도 디뎌본 적이 없는 원시림을 좋아해요. 그것은 모두 야생 그대로의 가장 궁극적인 자연이니까요. 바다는 아마도 그 모습이 보존되겠지만, 원시림은 어느덧 생명을 잃고 공원으로, 바나나 숲으로, 밀밭으로, 과수원으로, 아니면 진동하는 냉혹한 유전탑油田塔의 행렬로 뒤바뀌어가고 있지요."

"바다를 보고 싶으냐? 네 욕망은 너무 터무니가 없구나. 많은 사람들이 바닷가에서 태어나 어부가 되고 마도로스와 선장이 된단다. 그들은 바다에서 해수욕을 하고 아프리카와 저 북쪽 빙양氷洋에까지 항해를 하며, 태평양의 군도에 상륙을 하고, 또 북아메리카의 해안에 닿아 내린단다. 직업으로 항해를 하는 사람들은 대개가 바다에서 죽어가지. 바다는 무자비하고 용서를 모르기 때문이다. 그렇다면 그들의 무덤은 어디겠니? 영원히 파도를 치며 흘러가고 있는 바닷속이야. 산호초와 불가사리 무리의 틈바구니, 바다뱀과 물고기의 아가리인 거야. 그렇지만 그곳은 결코, 영겁永劫을 위해 우리가 안주할 안식처는 못 돼. 우리의 운명은 숲이란다. 우리는 숲으로부터 왔고, 숲은 우리 모두를 다시금 끌어당기는 거야.

적어도 나는 슈페사르트 산맥의 울창한 총림 속에서 태어나도록 운명 지워 있었어. 이 숲에서 나는 전나무와 자작나무, 도토리와 너도밤나무를 내 손으로 찍어 넘어뜨렸고, 그 다음에는 다시금 구획 지어놓은 숲에 그것들을 심어서 길렀단다. 그렇게 해서 이루어진 숲이 어느 틈에 노루와 멧돼지의 은신처가 된 거란다……. 원시림이라는 것이 물론 있지. 여기저기 고목들이 꺾여 넘어져 있고, 제멋대로 필 것은 피고, 썩을 것은 썩어가고 있는 곳. 아무런 오솔길도 뚫려 있지 않고, 도끼가 휘둘러 찍은 흔적도, 톱날이 닿은 흔적도 없는 곳. 그리고 나무 등치에 뚫린 우묵한 구멍 속에서 늙은 수리부엉이가 끙끙 울고 있고, 살쾡이가 눈을 불똥처럼 굴리며 야옹 울며 식식거리는 그런 곳이. 네가 가고 싶어 하는 저기 남아메리카나 아프리카의 정글들은 아마 훨씬 찌는 듯 무덥고 굉장할 거다. 그렇지만 여행자들이 수기에도 썼듯이 그곳은 안개와 부패물로 가득 찬 고통의 용광로일 뿐이야. 사계절이 오고 가는 가운데, 독일의 숲이 보여주는 순수하고 인상적인 신비는 찾으려야 찾을 수가 없단다. 적도에서의 무더운 상태는 영원히 계속되는 거다. 그곳의 늪지에서는 독기 있는 파리 떼들이 날아올라와 마치 짙은 안개처럼 공중을 날고 있지. 습기 찬 수목 덤불에는 흡사 여린 나뭇가지들처럼 뱀이 걸려 있고 말이다.

너는 그런 데로 가서 밀림 속을 행군하고 싶으냐? 그렇게 되면 아마 너는 이름도 모르는 맹수한테 물려서 고창鼓脹에 걸리거나, 잔등에 커다란 종기가 노랗게 생겨서는 슈페사르트 숲의 진달래 붉게 핀 언덕을 그리워하게 될 것이다."

아버지는 그렇게 말씀하셨다. 그것에 대해 나는 아무리 그렇다고 해도 그런 이유가 나로 하여금 볼리비아의 원시림을 탐험하는 것을, 그리하여 야릇한 뱀의 독포毒胞로 이루어진 총신銃身을 들고 있는 난쟁이 인디언을 추적하는 것을 막지는 못할 것이라고 대답을 했다. 아무리 숲 속에 말파리가 우글거리고, 농무濃霧가 앞을 가리고, 덤불 잎새의 뭉텅이에서 풀처럼 파란 뱀의 모습이 기어나오고, 왕방울만 한 눈을 갖고 침을 흘리며 어슬렁거리는 맹수들과 며칠 밤을 지내게 되더라도, 그것이 내 뜻을 막지는 못할 것이라고 대답했던 것이다.

우리는 메스펠부룬의 산림 구역 안에 있는 천 년 묵은 도토리나무 밑을 찾아 슈페사르트 산에 자주 갔었다. 숲이라면 무조건 홀딱 반해 있던, 수염이 듬성듬성 난 아버지와 더불어 나는 그곳에 서 있었다. 그러고는 그 우람한 거목巨木, 그렇게 해묵었는데도 변함없이 생명감 넘치는 신비를 지닌 고목의 주변을 종종걸음을 치며 맴돌았다.

"이것이 바로 그런 거다." 여름마다 그 나무를 찾아갈 때면 아버지는 늘 말씀하셨다.

"이 나무는 우리의 인생보다 더 위대한 거다. 이 나무의 고향은 거대하고 말없는 자연이란다. 자연은 다시 돌아오는 것이야. 자연은 이런 나무들이 심어진 모든 대지와 더불어 다시 돌아오는 것이다. 또한 자연은 모든 도시를, 프랑크푸르트와 아샤펜부르크를, 비르프부르크와 뮌헨을 가로질러 흐르는 따스하게 끓어오르는 강물과 함께 다시 돌아오는 것이다. 이렇게 자연이 돌아오면 불현듯, 그야말로 야생으로 돌아간 친구들이 대문 앞에 서서 창문 안으로 돌팔매질을 하게 되는 것이란다. 그다음의 인생은 다시금 스스럼없고 자유로워지는 것이다."

이런 혼란스런 설교로 아버지는 이제 막 신나서 창문에 돌팔매질을 시작했던 나의 학창 시절을 퍽이나 심란하게 만들었다. 그때 나는 제일 먼저 바이에른 왕실의 라틴어 학교의 마흔다섯 개의 창 유리를, 그다음에는 초등학교 선생님인 빨간 머리의 펠젠슈타인 선생님 방의 유리창을 향해 돌을 던졌던 것이다. 어느 화창한 일요일 오후, 개구리처럼 튀는 불꽃을 붙여 학교 계단에다 던졌던 벌로 그 선생님께서는 맵고 아픈 갈대 회초리로 여섯 대나 나의 볼기를 부르트게 했기 때문이었다.

불세례

프랑켄의 아름다운 소도시 H시를 중심으로 초원과 숲과 포도원으로 이루어진 풍토는 방황과 체험을 길러주는 무진장의 천국이었다. 라틴어 학교의 가죽 챙이 달린 푸른 모자를 쓰고 아둔하고 서투른 걸음걸이에 상처투성이의 소년이었던 나는, 반드시 훤하게 트인 장터를 거쳐서 다니도록 되어 있었다. 고풍의 정교한 대리석 분수가 치장되어 있는 그 장터에서는 아직도 지나간 장날의 무시무시한 열기가 느껴질 것 같았다. 이 장터를 지나면 돌 포장이 된 도로가 어느덧 유유히 꼬불꼬불 흐르는 강 쪽으로 굽어들었다. 강 위로는 사암砂岩으로 된 낡은 구름다리가 아치를 이루고 있었다. 우뚝 솟은 포플러로 둘러싸인, 석회 먼지 이는 도로는 외길로 계속되다가 넓은 가지의 우람한 보리수가 서 있는 곳에서 세 갈래로 갈라졌다. 그중 한 갈래 길은 밑으로는 수도원이 자리 잡고 있고 깎아지른 듯한 꼭대기에는 거대한 기사 시대의 성城이 관처럼 씌워져 있는 낙엽송의 언덕으로 이어졌다. 또 다른 좁은 길은 포도나무와 밭과 숲을 지나, 널따란 바이에른의 연병장練兵場인 고원으로 이어져 있었다. 그곳으로부터는 매일처럼 대포 소리가 울려오거나, 기관총을 일제 사격하는 소리가 우르릉꽝 하며 채찍질처럼 계곡으로 울려왔다. 군대생활과 활동에 예민하게 호기심 많던 어린 시절의 나는 그 소리만 들으면 흥분했던 것이다.

연병장의 외연外延은 몇 시간이나 걸릴 만큼 넓게 뻗쳐 있었다. 그곳의 풍경은 흡사 넘실넘실 일렁이는 바다처럼 광대하게 펼쳐지다가 그것이 갑자기 우뚝 굳어지며, 수없이 크고 작은 구릉으로 뒤바뀌어졌다. 옆으로 길게 구멍이 뚫린 방공호가 일정한 간격을 두고 땅속으로 파여 있었던 것이다. 그 방공호 안에서는 푸른 페인트칠을 한 나무와 마분지로 만든 병정의 대열이 기어나와 정렬을 했다가는 고꾸라졌다. 그것은 바로 실탄 사격부대를 위한 신나는 타깃들이었던 것이다. 수업이 없는 날이면 나는 이 지역을 빈둥거리면서 탄피와 연탄을 줍거나, 새 둥지를 찾고 다람쥐를 쫓아다녔다. 사격장에 가는 일을 달갑게 보아주지를 않았기 때문에, 나는 특히 긴 여름방학 동안에는 일주일에 두 번씩 대성당에서 올려지는 새벽미사에 복사服事 노릇을 해야 한다고 거짓말을 했다. 대성당은 국도가 지나가는 흡사 협곡에 가까운 골짜기의 한편, 울창한 보리수 밭에 서 있었다. 그곳에서부터는 목동이나 사냥꾼, 포도 재배인만이 왕래할 뿐인, 좁고 인적이 드문 오솔길이 갈라지고 있었다. 짧은 뗏장이 듬성듬성 뒤덮인 편편한 언덕에서 그 길을 소나무 숲으로 미끄러져 들어가 무성한 수풀을 지나 연병장으로 이어져 있는 것이다. 큰 길목에 '불 바구니'나 빨간 깃발이 걸려 있을 때면 연병장 안에 들어서는 것이 엄금되어 있었다. 이 표지는 실탄 사격이 진행 중이라 연병장이 봉쇄되어 있다는 것을 의미했던 것이다.

대체로 나와 내 친구들은 이 경고를 지켰다. 그랬는데 어느 유난히 화창한 여름 아침, 우리는 이 엄격한 표지를 외면하고 몸을 잔뜩 웅크린 채 언덕 위에 가려진 참나무 숲을 향해 곧장 돌진했다. 이 숲에는 까마귀들이 많이 살고 있어서 나무 꼭대기에는 나무로 엉성하게 틀어놓은 까마귀 둥지들이 잔뜩 뒤덮여 있었다. 우리는 까마귀를 잡으러 출정했던 것이다. 그래서 상자로 만들어진 새장 안에 어린 새들을 길러 길들일 셈이었다. 숲 관리인에게 날개를 잘라달라고 해서, 이 새까만 악당들이 궁전 같은 집 속에서 파다닥거리며 우스꽝스런 행동을 자행하는 것을 구경할 셈이었던 것이다.

거침없이, 보초에게 붙들리는 일 없이 나와 두 명의 친구는 숲에 당도했다. 그러고는 각자 주머니에서 조그만 자루를 꺼냈다. 자루의 단에는 어깨에 둘러메는 끈이 달려 있어서 우리는 그 끈을 비스듬히 들쳐 멨다. 어른들이 이렇게 하는 것을 포도 채집을 할 때 슬쩍 훔쳐 배웠던 것이다.

레게머라는 친구가 첫 번째 둥지에서 두 마리의 까마귀를 끌고 내려왔다. 이번에는 친구들이 떠받쳐주고, 내가 또 다른 참나무로 까맣게 기어올랐다. 나는 두루두루 살피면서 가지에서 가지로 그네를 뛰어 마침내 까마귀 집 근처까지 접근했다. 그러고는 왼손으로는 억센 가지 하나를 꽉 붙든 채 오른손으로 조심조심 둥지 안을 헤집었다.

"얼마나 되니?" 궁금한 친구들이 위를 올려다보며 소리를 쳤다.

"네 마리야." 나는 신이 나서 대답했다.

친구를 이긴 셈이다. 사방에서 늙은 까마귀가 불안한 듯

새끼들을 보호하느라 나무에서 나무로 날아다니며 까악까악 짖어대고 있었다. 세차게 날개가 퍼덕이며 쉭쉭 스치는 바람이 느껴졌다. 하지만 그것으로는 나는 구애를 받지 않았다. 어느 틈에 나는 두 마리 새끼 까마귀를 아마 포대 안에 처박아놓았다. 그때 무시무시하게 커다란 날개가 내게 덮쳐왔다. 죽음과 같은 날개가 날카로운 금속성의 발톱을 갖고 나를 향해 돌진해온 것이다. 그 발톱은 쇳가루와 불똥을 던져왔다. 꺾인 굵은 가지가 으지직 소리를 내고, 잔가지들이 따닥 부러졌다. 나뭇잎이 펄럭거리며 빗발처럼 쉭쉭 신음하는 공중으로 날았고, 우르릉꽝 폭음이 숲 속을 구르더니 아우성치며 울부짖는 소리로 뒤바뀌어갔다.

어떠한 힘이 나로 하여금 나무 둥치에 바싹 매달리게 도와주었는가? 그리하여 지금 막 둥지에서 끄집어낸 새를 손에서 푸르륵 날려보냈는가? 그것은 독실하신 할머니의 얘기 중에 나오는 대로 소牛의 정수리 위를 어른거리던 수호신의 가호가 아니었을까? 절벽 앞에서 꽃을 꺾는 소년이 바위 낭떠러지로 떨어지지 않도록 백합처럼 흰 손으로 지켜주는 수호신의 그림이 할머니의 방에 걸려 있었다. 아니면 그것은 피어나는 인생이 한낱 무위로 돌아가는 것을 지켜준 변덕스런 우연의 작희作戱였을까? 납으로 된 추처럼 발에 몸을 부지하고 있는 두려움을 무릅쓰고, 나는 날쌔게 나무를 타고 미끄러져 내려와서는 숲 속으로 더 깊이 내달았다. 우리가 포병대의 사계射界 안에 빠져들었다는 것을 직감했기 때문이었다. 숲에서 멀지 않은 곳에 사격장의 타깃이 대오隊伍를 지어 있었던 것이다. 첫 번째 사격이 타깃을 넘어, 우리가 들떠서 머물러 있던 나무 위쪽에서 폭발을 했고, 그 파편과 유산탄榴散彈이 우리의 머리 위로 비산飛散했던 것이다.

친구들은 어느 틈에 안전한 숲의 안쪽으로 내달았다. 나는 숲의 다른 쪽 끝의 웅덩이 속에 앉아 있는 그들한테 당도했다. 그들의 얼굴은 분필처럼 하얗게 질려 있었고, 나는 얼굴이 긁혀 피가 나고, 손과 무릎에 껍질이 벗겨져 있었다. 나는 그들이 있는 풀더미 속에 몸을 던졌다. 사격장의 폭음이 천둥처럼 먹먹하고 무겁게 울려오고 있었다. 내 얼굴에서는 땀방울이 굴러떨어졌다. 땀을 닦으려고 가죽 챙이 달린 김나지움 학생모를 벗었을 때야 비로소 나는 앞으로 쑥 나와 달린 모자챙에서 뚫고 지나간 구멍을 발견했다.

"맞았어!" 나는 의기양양해서 소리를 쳤다.

철없는 마음은 까딱하다가는 심한 부상이나, 죽음까지도

의미했을지 모르는 불과 몇 밀리미터 차이의 섬뜩함을 깨닫지 못하고 있었던 것이다. 흥분해서 과장을 하며, 나는 무엇인가 뜨거운 것이 내 얼굴을 스쳐 날았다고, 그것은 아마도 너희들도 잘 알고 있는 청회색의 둥그런 유산탄이었던 모양이라고 떠들었다. 우리는 모두 이미 연병장에서 숱한 탄알을 주워서 집의 담배 상자 안에 감춰놓은 적이 있기 때문에 탄알을 알고 있었던 것이다. 모자에 뚫린 구멍이 내게는 무슨 특별한 훈장처럼 여겨졌다. 멋대로였던, 때로는 탈선을 일삼던 내 소년 시절에 있어서 그것은 월계관이요, 명예 훈장이었다. 그때껏 다른 어떤 학생도 체험하지 못했던 비상한 사건을 나는 피부로 겪었던 것이다. 하지만 어깨에 둘러맸던 조그만 아마 포대가 두 군데나 찢어졌고, 내 전리품, 어린 까마귀 두 마리가 핏덩어리가 되어 있는 것을 확인했을 때 나는 꽉 막히는 구토를 느꼈다.

내 윗도리에도 피가 흘러 있는 것을 보자 구역질은 더 심해졌다. 당장에 나는 죽은 새들을 자루째로 덤불 속에 내동댕이쳤다. 갑자기 불안한 공포가 싸느랗게 몸뚱어리를 흘렀다. 그런데도 친구들은 까마귀로 인해 겪은 나의 불운에 대해 쾌감을 느끼며 웃어댔고, 웃음소리를 듣자 내 마음속의 불안도

사라져버렸다. 그러자 가볍고 비약이 심했던 어린 마음은 이번에는 눈에 띄게 뚫린 모자챙의 구멍 때문에 골똘히 부심했다—결코 부모님이나 선생님한테 발각되어서는 안 되었으니까. 그 뒤 나는 공부방 안에 틀어박혀 서투른 솜씨로 구멍에 까만 천을 대어 가까스로 때우고 붓으로 까만 물감 칠을 했다. 그렇지만 아무래도 솜씨가 마음에 들지를 않았다. 그래서 다음 날 모자점으로 가서 낡은 챙을 떼내고 새것을 꿰매 붙였던 것이다. 그러기 위해 나는 저금통에 몰래 손을 댔었다.

이 위험스럽고 모험적인 체험은 개학을 하자 자연히 모든 학교 친구의 화제가 되었고, 번개처럼 빠른 속도로 전 학교에 입에서 입으로 옮아갔다. 책가방 속, 노트와 책 사이에 간직해두었던 내 구멍 뚫린 모자챙은 모든 학생의 꼼꼼한 관찰의 대상이 되었다. 그럴 생각이 아니었는데도 우리는 그 모험을 더욱 거칠고 대담한 빛깔로 채색해갔다.

왜냐하면 우리는 그 사건을 자주 화제 삼지 않을 수 없었는데다가, 이야기 자체가 그 순간 우리가 눈이 멀어 알지 못했을 불붙은 탄알에 비해 신비스런 스케치를 했고, 모르는 사이에 그것을 사실화해버렸던 것이다. 이를테면 새까만 숲 속의 흙더미가 나무들 사이의 거대한 분천 속으로 튀었고, 불

뭉치가 나뭇잎의 사이로 확확 타올라 잎사귀들을 그을렸고, 여러 마리의 죽은 까마귀가 날개를 찢긴 채 둥지에서 떨어졌고, 맹렬한 기압이 우리를 참나무에서 떨어뜨리거나, 바닥으로 내동댕이쳤다는 것이다.

이 어린 시절의 모험 위로 끝없는 세월이 흘러, 모래가 해변의 조개를 뒤덮듯이 다른 체험이 그것을 뒤덮었다. 친구들과 나는 학교를 졸업했고, 앞서거니 뒤서거니 각자가 다른 방향으로 진출해서 결국은 서로 아주 소식이 끊어지게 되었다. 1914년 느닷없는 전쟁의 거센 소용돌이가 유럽 전체를 들끓게 할 때, 과거의 어린이들은 청년이 되어 베르당이나 쏨므, 에쉰느의 불지옥으로 출정했다. 여름의 울창한 참나무 숲의 친구들 중에서 나는 쓰디쓴 잿더미의 평화로 되돌아온 유일한 생존자가 되었다. 두 사람의 학교 친구가 모두 전사했다는 소식을 당장에는 알지 못했고, 훗날 1914년에서 1919년 사이에 전몰戰歿한 이들을 추모하는 학교의 기념식전에 가서야 알게 되었던 것이다.

그 여름 아침의 일이 한 장면 한 장면 더없이 선명하게, 그때 친구들이 입었던 옷의 빛깔에 이르기까지 낱낱의 일이 파노라마처럼 내 기억 속에 떠올랐다. 그리고 회상에 잠기면서 나는 그 당시에 놀랐던 것보다 한결 커다란 경악 속에 빠졌다. 전쟁의 죽음은 이미 그 당시에 우리 셋 모두를 건드리고 있었다는 것을 깨달았기 때문이었다. 또한 몇 년 동안 우리가 들어온 대포 소리가 바로 우리의 미래이며 우리의 운명이라는 것을 그 참나무 숲 속에서는 아무도 예감을 못 했었다.

레게머와 바이간트가 적군 포병대의 탄환에 맞아 죽었다는 것 역시 아무래도 묘한 일이다. 바이간트는 선봉사격포차先鋒射擊砲車 위에 앉아서 유탄 파편에 이마를 정통으로 맞아 사망했고, 레게머 역시 유탄 파편을 맞아 중한 복부 상처를 입어 며칠 뒤에 죽어갔다. 그 당시 이미 미래가 가려진 베일을 한순간 들어 올려주었다는 것을 어느 누구도 예감하지 못했고 예감할 수도 없었다.

설사 그것을 알았다 한들, 그것이 무슨 소용 있으랴! 우리에겐 아무리 무섭고 거센 악마가 도중에 도사리고 있고, 죽음과 무위無爲로 기습해올지라도, 용감하게 회피하지 않고 가야만 하는, 망설이지 않고 걸어야만 하는 길이 있을 뿐이다.

허풍선이

서커스! 어릿광대며 사자를 다루는 곡예사와 불을 내뿜는 검둥이—아버지를 따라 난생처음 마인 강변 뷔르츠부르크로 거창하고 왁자한 서커스 구경을 갔을 때, 꿈에나 그리던 동경의 실체들이 살아 있는 모습으로 내 눈앞에 서 있었다. 그중에서도 칠흑처럼 새까만 검둥이는, 일찍이 책에서 해적과 노예 도둑에 대한 이야기를 읽고 나서 꺼질 줄 모르는 관심과 감탄의 염念으로 내 머릿속에 자리 잡았던 검둥이의 인상은 너무나 폐부를 찌르는, 차라리 섬뜩하다고 할 만한 것이었다. 검둥이는 황무지와 원시림 같은 분위기를, 사자의 울부짖음과 숲 사이를 쿵쿵 무섭게 내딛는 코끼리의 씩씩거림 같은 분위기를 풍겼다.

서커스 프로그램에 의하면 알리 바바라는 이름을 가진 동화에 나오듯 알록달록 차려입은 그 검둥이와 더불어 굽이쳐 흐르는 강변 소도시에 등장해서, 중인환시리衆人環視裏에 번쩍 뽐내며 센세이션을 일으켰더라면 얼마나 신이 났을까? 매일 아침 책가방을 메고, 조마조마한 마음으로 마이어 씨가 양귀비를 뿌려 만든 둥근 빵 맛으로 인해 입 안에는 조금 메스꺼움을 느끼며 걸어가던 등굣길을 검둥이를 대동하고 온통 휩쓸었더라면. 넓은 초록빛 장식을 몸에 주렁주렁 휘감고 머리에는 빨간 터키식 터번을 쓰고, 나무토막처럼 새까만 발톱을 불처럼 빨간 샌들에 찔러 신은 채, 거기다가 눈처럼 흰 커다란 이빨은 얼음처럼 번득이는, 까만 래커를 입힌 듯한 검둥이를 나란히 대동하고 걸었더라면. 좀 더 욕심을 낸다면 위엄을 세우기 위해서 한 걸음 내 뒤를 따르게 했더라면. 꼭 그랬더라면 얼마나 좋았을까. 그래서 장터의 버터와 달걀 파는 아주머니들이 도깨비 같은 광경을 보고 소스라치게 놀라 "예수, 마리아, 요제프"를 외치면서 성호를 긋고, 그중 어떤 행상은 혼비백산한 나머지 지방법원 판사 댁의 하녀에게 마늘을 10페니히어치나 더 집어 내주는 일이 벌어지고, 바야흐로 신선한 아홉 시의 아침 바람에 연미복 자락을 휘날리며,

돌계단을 걸어 나오던 요리집 주인장 요제프 도어더 바이히 씨께서, 내가 멋진 검둥이를 대동한 진풍경을 보고는 그 부석부석하고 탁한 실눈에 갑자기 두 알의 보석 같은 불을 번쩍 했더라면.

"어떻게 슈낙 씨 집의 안톤이 검둥이 노예를 거느리게 되었지?"

장터 근처에 사는 모든 사람들은 서로 수군댔을 것이다.

"김나지움의 5학년짜리밖에 안 되는 철부지 애송이가 어떻게 모로코의 술탄도 쉽게 부리지 못하는 노예를 거느리게 되었지?"

푹스슈타트와 랑엔도르프의 선생의 자제이거나, 또는 슈베벤리트와 디바흐의 농부의 아들인 내 친구들은 길게 축 늘어진 커다란 귀때기까지 아가리를 딱 벌리고는, 손으로 휘파람을 불며 떠들썩 왁자하게 뒤따라 달려왔을 것이다. 하지만 나는 고고하게 이 소동에는 눈곱만큼도 아랑곳하지 않고 학교 수위 아저씨, 교장 선생님, 수학 선생님이 라틴어 학교 정문에 나타날 때까지 기다렸을 것이다. 그러고는 모두가 등장한 순간 카리브 해안에서 온 내 하인 앞에 버티고 서서, 모두가 간담이 서늘하도록 고함을 쳤을 것이다.

"이자는 무시무시하게 소문난 모르간 파派의 해적 출신 알리 바바이다. 모든 육로나 바닷길을 나와 동반하도록 모르간이 친히 내게 이자를 선사한 거다. 이자는 거인 골리앗처럼 힘이 세고, 공중을 나는 제비처럼 날쌔고, 즉석에서 굵은 밧줄을 이빨로 끊을 수가 있다."

물론 이렇게 호통을 치고 나면 야유의 웃음소리가 터져나오고 계단과 창 앞으로는 더 많은 호기심에 찬 얼굴들이 나타났으리라. 그리고 교장 선생님의 꾸짖음과 훈시에 용기를 얻은 외과 조수와 이발사와 학교 수위가 내게로 다가와 이렇게 말을 건넸으리라.

"야아, 슈낙 학생. 교장 선생님께서 즉각 두 시간의 감금령에다가 학교에서 제명 처분, 이놈의 이빨 드러낸 오랑우탄을 그것이 도망쳐 나온 서커스단으로 다시 보내도록 최고催告를 하신댄다."

그러면 나는 분노와 격분으로 한층 방자해져서, 교장 선생님의 의젓한 태도나, 삽살개라는 별명으로 불리는 수위가 신나서 거드름 피우는 거동에도 공손해질 수가 없을 것이다. 그래서 다시 한번 검둥이 앞에 버티고 서서 고함을 칠 것이다.

"맹세코 이자는 왕년에 그 소문난 대담무쌍한 해적선을 타고 파나마로 행군했고, 지금은 머리에서 발끝까지 내 소유가 된 알리 바바이다. 하지만 그대들 멍텅구리들은 오로지 크세노폰〔그리스의 역사가로 《내지진군》이라는 저술이 있음〕의 내지진군內地進軍이나 알렉산더 대제의 인도 원정, 아니면 한니발의 알프스 횡단 정도밖에 들은 바 없을 것이고, 프랑코 올로노이스의 종횡무진의 해적 항해에 대해서는, 물론 경애하는 수학 선생님과 교장 선생님까지도 무식한 상태에 있다. 눈곱만큼도 모르는 것이다. 뿐만 아니라 스페인 세계 제국을 위해 측면에서 박차를 가한, 더없이 야생적이고 위대한, 요한 모르간의 웅대한 약탈과 정복의 행군에 대해서 역시 그대들은 무식할 뿐이다. 그 이야기는 교과서에 없기 때문이다.

교과서에 없는 것은 그대들에겐 중요할 것이 없고, 속된 것일 따름이기 때문이다. 하지만 다채롭게도 수학에서는 번번이 넉 점을, 그리스 문법은 철저히 낙제 점수를 맞는 나는 요한 모르간 씨와 더불어 같은 나무 파이프로 담배를 피웠고, 장사꾼들을 겨누어 총질을 했던 것이다. 그대들은 그대들이 가져온 치즈 빵과 누런 콧수건 냄새가 나는 공기 탁한 답답한 교실에 앉아 있을 동안에 말이다.

이제 그대들에게 나의 적의敵意를 표명하노라. 영혼 속으로 고통의 불을 지르고, 쓸데없는 것으로 나의 이성理性과 기억을 괴롭히고 부담 주었기 때문이다. 그대들의 건방진 언어와 질문으로 내 아름답고 고귀한 꿈의 여명을 잘라버렸다는 것을 나는 결단코 잊지 않을 것이다. 내 영혼 안에서는, 나의 상상 안에서는 세계가 노래를 하며 흘러가고 있는 참에, 하늘이 내 위에 열고 있고 바다 위로는 수천 개의 하얀 배들이 미끄러져 항해를 하고 있는 마당에, 그대들은 오로지 이미 소멸되어버리고 쓸모도 없는 라틴어의 접속구문이라든가 수학의 각도에 대한 어리석은 질문을 했었다는 사실을 나는 잊지 않을 것이다.

겁 많고 비굴한 내 학교 친구들아, 내 팔꿈치를 찌르지 말아라. 옷자락을 잡아당기지 말아라! 너희들은 늘상 한 번도 멀쩡한 적이 없는 교장 선생의 부당한 변덕 앞에 조마조마 불안해서 떨어왔었다. 그리고 낙제를 하고, 도저히 제대로 진전을 보이지 않는다고 해서 너희들은 항상 동정과 경멸의 시선으로 나를 내려다보았었다. 그렇지만 내심으로는 나는 이미 전혀 다른 세계에 가 있었고 지식이나 체험보다는 돈이나 긁어모으는 직위의 앞날을 바라보는 너희들의 하잘것없는 허영심을 비웃었다."

"그래서"—나는 모두의 귓구멍에 대고 고함을 쳤을 것이다—"그래서 좀 나은 점수를 받는다 해서 나는 너희들을 조금도 부러워하지 않을 수 있었지만, 지금 너희들은 마땅히 내가 부러울 것이다. 나는 지금 막 파나마의 원시림에서 왔으니까. 기다란 꼬리 달린 원숭이가 우글거리고, 나무마다 노란 대가리의 왕뱀이 살며, 갈라진 혓바닥을 널름대면서 꿀꿀거리며 지나가는 멧돼지를 노리고 있는 밀림, 그곳에서 나는 온 것이다. 알리 바바가 나의 증인이다! 알리 바바, 나서라!"

그러고 나면 초록빛 장식을 몸에 휘감고 빨간 터키 터번을 까만 곱슬머리 위에 얹은 알리 바바가 앞으로 나서서는, 먼저 모두들 앞에 둥그런 엉덩이를 내밀어 보이고, 희고 반짝이는 동물 같은 이빨 사이로 두터운 토막고기 같은 혓바닥을 내밀어 보일 것이다. 이렇듯 믿을 수 없이 파렴치하게 엉덩이를 보이고 혓바닥을 내미는 행동을 보고는 바싹 말라빠진 수위가 그의 옷 장식과 멋있는 귀뿌리까지를 슬쩍 만지려 들자, 알리 바바는 수위의 배를 가볍게 툭 쳐서, 수위로 하여금 꽥 하며 그의 후원자인 동시에 주인인 나의 발 앞에 폭 고꾸라지게 할 것이다. 그러고 나서는 내가 미리 명령한 대로 고등학교용 수학 교과서와 유포油布에 묶인 수학 숙제 노트를 책가방에서 꺼내어 선생님과 학생들 모두의 눈에 그것이 무엇인가 똑똑히 보이게끔 높이 쳐들 것이다.

"이것을 보아라. 이것이야말로 라틴어 학교 학생 안톤 슈낙의 젊고 착잡한 마음에게는 연옥煉獄이었다. 이 지옥 속에서 몇 해의 세월이 무의미하고 덧없이 불타버렸던 것이다. 슈낙의 머리가 참을 수 없는 고통으로 터질 것 같았던 비참한 오후들, 그것에 대한 책임이 바로 이것이다. 또한 바깥에서는 6월이 숲 안에 내려앉고, 산등성이에는 푸른빛이 쏟아지는 날, 그렇게도 자주 서야 했던, 그러면서도 여전히 고쳐지지 않았던 방과 후에 남는 벌罰에 대한 책임이 여기에 있는 것이다. 크리스마스 성적표가 수학과 그리스어에 넷四이라는 숫자로 장식되었을 때, 아들을 돌대가리라고, 쓸모없는 녀석, 건달패라고 하며 지팡이로 몰매를 주었던 아버지의 타오르듯 무서웠던 냉혹함에 대한 원흉元兇이 바로 이것이다.

이것을 봐라. 내가 여기에 또 갖고 있는 것이 무엇인가를! 지금 나는 귀퉁이가 부슬부슬 떨어져나간 너덜너덜 더러워진 그리스어 문법책을 들고 있다. 이것은 슈낙 학생을 묶었던 또 하나의 고문拷問 말뚝인 것이다. 이 말뚝 앞에는 생면

부지의 잔뜩 찌푸린 선생님 하인리히 도버만이 서서, 입가에 비웃음을 띠고 학생들이 불안스러워하는 시선을 보고 있었다. 그리고 가장 불안과 공포에 질린 시선을 하고 있는 학생을 불렀다. 대체로 그는 슈낙 학생을 불렀었다. 그 학생의 시선은 꿈과 공상에 가득 차서 몽롱하게 아득히 먼 곳으로 가 있었기 때문인 것이다.

그가 가 있는 먼 곳에서는 열대 해안의 화강암 경계선으로 파도가 밀고 밀리면서 끊임없이 철썩 때리고 있었고, 휴일이면 그 해변에서 그는 로빈슨의 나무껍질로 된 옷과 넓적한 발자취를 찾고 있었다. 이렇듯 팽팽하게 찬 꿈의 영상 속으로 한 음성이 소리를 쳐왔었다. 더없는 적의敵意로 그의 소년 시절을 채우며 몰아댔던 음성, 온갖 화려한 환상의 여로旅路에 찬물을 끼얹는 음성, 이런 음성이 소리를 쳤던 것이다.

'멍텅구리, 앉으시지. 넉 점짜리. 호명된 것조차 아직 모르고 있군!'

'아니'라고 나는 말을 했을 것이다. 내 가슴속에는 위대하고 영원한 바다가 쏴 하며 흘러갔다. 명동鳴動하며 장려하게 바다는 흘러갔다. 태고의 소리처럼 내 가슴속에 쏴 흘러가고 있었던 것이다. 그래서 나는 그 조그맣고 보잘것없는 음성에 대해, 이를테면 난쟁이의 음성 cum(~와 함께)과 ut(~위해) 따위의 귀찮고 쓸데없는 것을 묻는 음성에 대해 깨어 있는 상태로 순간적인 언어로 얼마든지 대답을 할 수가 있었던 것이다! 모름지기 영원한 것, 잔존하는 것은 모두가 순간적이 아닌 것이다. 숲은 순간적으로 자라지를 않고 산은 순간적으로 높아지지 않는다. 또 바다는 서풍을 받아 파도가 일고 흘러가는 수면 밑에서, 상상할 수 없는 태고로부터, 영겁의 세월을 변함없이 있는 것이다."

이렇게 나는 장터 한가운데 둥근 아치형의 문장紋章이 장식된 정문 앞, 마치 거대한 구멍처럼 라틴어 학교로 통하는 정문 앞에서 연설을 했을 것이다. 그리고 무슨 철인哲人이나 된 듯이 영원과 순간에 대한 그런 소견을 표명했을 것이다. 존경해야 할, 감히 건드릴 수 없는 하인리히 도버만 선생의 면전에 대고 저지른 나의 저돌적이고 용렬한 행동을 보고, 수위는 흥분을 해서 붉으락푸르락했으리라.

하지만 그가 악마처럼 격분해서 내게 덮쳐오기 전에 나는 새로이 착상해낸 만행으로 그의 발을 멈추게 하고 광포한 가슴을 가라앉힌다. 대장장이나 함석장이 도제들이 축제 뒤에 잘 그러듯 손가락으로 휘파람을 휙 불어댄 것이다. 하지만 이 휘파람은 기껏 알리 바바에게만 신호가 되었을 것이다. 온 장터의 사람들에게는 검은 지옥의 악마로, 검은 유령으로 보일 알리 바바는 책과 노트를 한 권씩 차례차례 반짝이는 초콜릿빛 손으로 집어 들고는, 히쭉 이빨을 드러낸 얼굴로 이 넝마들에서 실밥을 뜯어내는 것이다. 그리고 인쇄된 것, 손으로 쓴 것 전부를 가로로 세로로 찢어서는 공중에 휙 던질 것이다. 그리하여 커다란 사각의 장터에는 흰빛, 잿빛의 종잇조각들이 눈처럼 멋있게 흩날리게 될 것이다.

알리 바바는 이때 거친 아가리로 울부짖음 같은 기성을 발하리라. 원시림 정글의 동물 같은, 폭풍 같은 울부짖음을. 그리하여 성실하고 단정한 소시민들의 잔등에 소름이 끼쳐 내리게 하며, 종종걸음치는 종무국 평정관宗務局評定官의 쭈그렁 과부—마르가레테 운슈리히트로 하여금 서둘러 화장실을 찾아가게 할 것이다.

나의 책가방 운반인이며 노예인 알리 바바의 울부짖음에 이미 나는 겁 없는 소프라노의 어린 음성으로 크게 외쳤을 것이다.

"그대들의 지혜란 가볍기 짝이 없다. 얼마나 가벼운가 보라. 날아갈 지경이로구나. 그대들의 지혜에는 가을이 닥쳐왔다. 나는 그대들의 지혜로부터 벗어나겠다. 인생과 잔혹과 무법無法과 반란을 배우기 위해, 쩡쩡 울리는 해적 두목 요한 모르간과 더불어 출정했던 겸손한 학생 안톤 슈낙은. 나는 그대들의 라틴어와 수학의 질서를 포기해버렸다. 그 대신에 악마를 축성하는 검은 해적 깃발 앞에 맹세를 했다. 해상 약탈과 노략질과 강탈에 의존해 살겠다고 맹세한 것이다.

만약 이 도시가 해변에 자리 잡고 있다면, 그리하여 바람을 가득 안은 돛 달린 목선木船 갈레온〔15~17세기 스페인에서 사용하던 3층 갑판의 범선〕을 타고 이 도시에 이르게 된다면, 나는 쏴하며 움직이는 대함대의 꼭대기에 앉아 싱싱한 여인네들이 셔츠와 속옷과 수건을 거품을 내며 빨고 있는 빨래터가 있는 초원 근처의 후미진 곳까지 거슬러 올라갈 것이다. 그리고 우리는 무엇보다 먼저 걷어붙인 우람한 팔뚝으로 가장 젊고 아름다운 처녀를 날쌔게 움켜잡아 선실 안, 페루산産 라마의 부드러운 모피 위로 집어던질 것이다.

그대들은 행군하는 우리들에 맞서보겠다고 얼마든지 회색 수염 기른 배불뚝이 시市 병사들을 파견할 수 있겠지만, 무딘 사벨을 갖고 우리를 죽이겠다고 덤비겠지만, 다 소용없는 일이다. 다른 때는 성체聖體 진행 때에 변화지례變化之禮〔미사 때

빵과 포도주가 살과 피로 변화하는 일]와 복음을 전하는 데 맞춰 터뜨려 사용하던, 그 조그맣게 울려대는 구포臼砲를 우리를 겨냥해 장치해놓고 쏘아대겠지만 그것 역시 소용없는 일이다.

기껏해야 가을에 포도원에서 참새와 찌르레기나 몰아내던 그런 시끄러운 기계를 우리는 겁내지 않는다. 뿐만 아니라 자발自發 소방대로 하여금 골목마다, 헤프너 가街에서, 파르가에서, 말의 얼룩이 깔린 반호프 가에서, 먼지 덮인 키싱어 국도에서 나설 테면 나서게 하라. 빨갛게 주기酒氣 오른 머리통에 새로 닦은 놋쇠 투구를 쓰고 소방대 사령관을 필두로 해서 쩔그렁쩔그렁 울리면서 살수기와 호스차를 대동하고 포도鋪道 위로 올 테면 오라고 하라.

우리는 겁내지 않는다! 당장에 웃으면서 우리는 배를 움켜잡을 것이다. 분명코 투구를 거꾸로 쓴 자들이 있는가 하면, 윗도리 끝이 살진 절구통 배에까지 닿지도 않는 자가 있고, 또 어떤 자는 더럽고 시커먼 소방용 호스를, 빙빙 돌려 빼는 코르크 뽑이처럼 장화 위로 칭칭 감고 있는 몰골이고, 게다가 소방용 나팔에서는 결코 웅장하게 퍼지는 호전적인 팡파르가 아닌, 가련하게 기어들어가는 듯한 소리가 가느다랗게 울려 나오고 있기 때문이다. 우리의 사납고 둔탁한 나무 나팔의 덜컹거리는 소리만 들어도 그대들은 몽땅 암소 똥과 먼지 구석으로 동댕이쳐지리라.

호스의 쉭쉭거리는 물줄기를 갖고 우리를 막아보겠다고 공연한 헛수고를 하지 말아라! 그런 물줄기 따위가 토네이도〔미국 미시시피 유역의 맹렬한 회오리바람〕의 물사태와 열대의 억수 같은 홍수를 겪고 온 우리를 놀라게 할 수는 없다. 그러니 나도 익히 알고 있는 바이지만, 그렇게 구멍투성이의 찢어진 호스들로는 불가항력의 우리 해적들보다 그대들 자신이 훨씬 많은 물벼락을 뒤집어쓸 것이다. 암, 그대들을 몽땅 정신없는 공포의 도가니로 몰아넣기 위해서는 우리의 거대한 무기로 한 발 사격이면 족하고 말고.

그대들이 도망가지 않고 있다가는 결국 마누라의 파란 행주치마 밑으로 기어들거나, 푹스슈타트의 노간주나무 숲으로 그야말로 '영원히' 사라지거나 둘 중 하나의 결과를 맞을 따름이다.

그럴 때 구석진 골목 안에 자리 잡은 점포와 저장실에는 신神의 가호가 있기를!

우리는 모두 소매를 둘둘 걷어붙이고 손바닥에 침을 탁 뱉는다. 바야흐로 강탈을 시작할 위대한 순간이 도래한 것이다. 어이, 친구들아, 패거리들아, 우리는 어디보다 먼저 포도주 저장소로 가는 거다! 우선 퓔벤과 라이텐, 그리고 붉은 포이어할터가 있는 진열대에서 술을 꺼내 목을 축이는 것이다! 그러면 용기가 샘솟고 핏속으로 활기와 난폭함이 되살아나는 것이다! 행선지는 곧장 '아벤트 호텔', 부드러운 불빛처럼 환히 주기 오른 구릿빛 얼굴의 상징인 그 장소로.

그리고 만약 그곳에 바커스 같은 얼굴을 하고, 뱀장어랑 닭다리, 집에서 만든 노란 프랑켄의 국수로 잔뜩 포만해진 배를 내민 자가 있다면 그대들은 제대로 찾아간 셈이다. 그대들은 술 중의 술 위에 군림하고 있는 주인장, 도더바이히 씨를 찾아낸 것이다. 뜨겁고 찌는 듯한 여름을 사로잡아버린 꽃핀 클로버 향내가 나는 그 멋진 술들. 술통을 쳐라! 우레처럼 지하실이 울리도록.

세월이 얽어놓은 거미줄 덮인 초록빛, 갈색의 술병을 찾아내라. 그것을 다룰 때는 조심조심 몸을 사려라. 권총이나 칼끝 따위로 술병 머리를 치는 일이 없도록 하라. 술병 마개에서 가만히 밀랍蜜蠟을 밀어내고 부엌에서 코르크 뽑이를 가져와 편안하게 뚜껑을 따라! 친구들아, 어린 가정부로 하여금 양羊 허벅지 고기를 마요라나[식용품]와 노간주 열매에 묻혀서 꼬챙이에 슬쩍 굽도록 가만히 좀 놓아두어라. 그리고 술을 꿀꺽꿀꺽 들이켜고 허벅지 고기를 물어뜯은 뒤 용감무쌍한 해적의 일원이 된 듯이 느긋하게 커다랗게, 반 타스쯤 딸국질을 내쏜 다음에 입가를 말끔히 닦아내라. 그다음에야 알리 바바이든 누구이든 원하는 자는 가정부 아이를 애무해도 좋다. 그 계집애는 너희들 구미에 당기게 생겨먹었다. 원주圓柱처럼 날씬한 허벅지에, 찍어낸 공球 같은 젖가슴을.

하지만 내 너희들에게 일러두노니, 시녀侍女 오이라리아한테는 손끝 하나 건드리지 말라! 그 아이는 내가 좋아하는 먹이니까! 이미 내 나이 여덟 살 적에 그 애가 색 바랜 무명 원피스를 입고 있었을 시절 우리는 사랑에 빠졌었다. 어린애들이 이루는 방식의 부끄러움과 수줍음에 찬 사랑이었다. 겨울이면 우리가 서로 던지며 놀던 하나하나의 눈 뭉치는 곧 우리에겐 입맞춤이요, 뜨거운 건드림으로 느껴졌었고, 등굣길에서 부딪치기만 해도 뺨으로 피가 확 솟아오르는 격동을 일으켰었다.

오이라리아, 내 어린 소꿉동무, 네게 일러두노니, 그 미련한 시종 요한일랑 깨끗이 잊어버려라! 그놈은 자발 소방대로 출두했다가 도망쳐버린 비겁한 놈이다. 네 옆에 남아서 생명을 걸고 너를 지켜주지 않고 말이다. 그 대신 나를 똑바로 살펴봐라. 이 얼룩얼룩한 건장한 가슴패기를, 억세게 단단한 팔뚝의 근육을. 이것이 네 마음에 안 드느냐? 나의 검둥이처럼 진귀한 존재를 네가 언제 본 적이 있느냐? 네가 어린 소녀였던 시절, 내가 훔쳐다 준 사과를 선사받고 기뻐하던 그 옛날을 내가 아직도 기억하고 있다는 것을 너는 마땅히 자랑스럽고 영광스럽게 여겨야 하지 않겠느냐?

내 너를 나의 해적 신부로 임명하고, 칼을 찬 친위병을 문 앞에 세워주마. 도더바이히 부인과 팔찌랑 목걸이를 집어다 주기로 약속하지. 그리고 로베르트 바우어 이용원理容에서 한아름 가득 쾰른[쾰른에서 나는 향수 이름, 꼴로뉴로 알려져 있음] 향유와 장미유를 훔쳐, 내 검둥이 노예를 통해 네 손에 전해주마! 따스한 목욕물을 틀어라. 네 고용주인 이 절구통은 이곳에서 이미 발언권이 없다. 곳간에서 지하실까지 전부 네 것이고, 너의 관할하에 있는 것이다! 내 곧 다시 돌아와 너와 호화판으로 결혼식을 올리마!

이제 내 패거리들아, 굶주려 으르렁대는 내 폭도들아, 들거라. 이 사랑스런 마을이야말로 약탈하기에 멋들어진 장소가 아니냐? 이곳에는 나무에 소시지와 햄이 주렁주렁 자라고 있지 않느냐! 와아, 소시지와 햄! 칼과 단검을 뽑아라. 신선한 술을 한잔 들이켜고, 그대들의 소침해 있는 코밑 수염을 끝까지 빳빳이 대담하게 곤두세워라. 고깃간으로 돌격하는 것이 좋겠구나. 특히 손가락같이 기다란 분홍빛 구운 소시지부터 손을 대어라. 그것이 든 나무 함지를 탈취하라.

고깃간 사환 녀석들이, 도살 도끼를 들고 소시지를 감싸려 들면 당장 문설주에 묶어버려라. 200파운드짜리 육중한 늙은 시장市長 트루켄 부로트 씨께서 노란 감자 샐러드와 신선한 포도주에 곁들여 먹어치우실 소시지 같은 건 남겨놓을 필요가 없다. 그리고 이제 단단하고 새까맣게 윤나는 수지獸脂 소시지로 노략질을 옮기는 것이다. 굵은 잣나무 장작 위 굴뚝에 걸어놓고 연기를 쐬어 구운, 가벼운 송진 맛이 나고 껍질이 얇아 먹기 좋게 익은, 그래서 그것을 덥석 베어 먹는 것이야말로 그야말로 신나는 일인, 소시지를 목표물로. 각기 꼬챙이로 하나 가득 끼워 배로 가져가라! 모두들 돼지 표피로 만든 소시지를 겨드랑이에 끼고 꺼져라. 하지만 틀림없는 물건을 훔쳐 넣어라. 공연히 돼지 피나 비계 조각, 연골로 채워진 붉은 소시지를 넣지 말고, 그런 것은 은급을 받는 황실 바이에른 보병과 감옥의 간수인 니콜라우스 피르호텐베르크를 위해 남겨둬라. 그리하여 그들이 식초와 양파 자른 것에 넣어 먹게 내버려두어라. 아니, 하얀색의 고기 포대만 집어 꾸리는 것이다.

하얀 것 안에야말로 손가락만 한 돼지 소시지로 가득 차 있고, 만지면 푹신푹신한 데다가 먹지 않고는 못 배기게 하는 향기가 풍기는구나! 빵 속에 넣어 구워 아직도 따스한 햄을 훔쳐내는 자는 특별히 뱃사람의 패거리에서 하루 동안 풀어줄 것이다. 그뿐 아니라 두 시간 동안 자신의 힘 자라는 대로 표지를 붙여놓은 집에서 약탈할 것을 허락한다. 멋대로 성적을 결정하고, 안톤 슈낙 학생과 그의 짝, 디틀로프스로다 출신의 요제프 엥글레르트한테 부당한 금족벌禁足罰을 내리는 등 학생들을 야비하게 다룬 교장의 집에는 가차없이 약탈해도 좋다는 표지가 붙어 있다. 또한 남자답지 못하게 포도 재배인 바우에른 파인트 씨의 산울타리 주점에서 툭 하면 술에 취했던 수위의 집 역시 멋대로 분탕질을 쳐도 좋다.

그는 법정 폐점 시간이 지난 뒤에 돌아다녀놓고는 심술궂고 음흉스럽게 밀고자 노릇을 했었다. 그리고 담배를 피우다 들킨 5, 6학년 학생의 귀를 잡아당기고는 굽신굽신 비굴하기 이를 데 없는 태도로 교장 선생님께 고자질하기 위해 두툼한 수첩에다 이름을 기록해 넣었던 것이다. 그의 집에서는 눈곱만큼도 봐주지 말아라. 모든 것을 쑤셔 뒤집어내어라. 감자더미를 짓밟고, 자루에 사과를 채워 들고 와라.

썩어 문드러진 술통의 마개를 틀어 열어버려라. 그리고 항아리 안에 채울 수 없는 나머지는 넘치게 내버려두어라. 지하실의 두꺼비나 흠씬 취하도록. 부엌 그릇을 간막이 위로 처박고 뒤따라 돌을 던져라. 접시를 유리창으로, 개들을 거꾸로 집어던져라. 새장을 열어젖히고 그의 소유인 털 빠진 방울새를 공중으로 놓아주어라. 조금치도 아끼지 말아라. 내게 대한 충성을 보이는 거다. 너희들 개개인이 내가 그로부터 받은 것과 똑같은 수모를 받은 것처럼 행동하라. 벽에도 침을 뱉어라.

서랍을 열어젖히고 그의 가련한 콧수염 띠를 너희들 코밑에 붙여봐라. 그는 낮이 되면 거드름을 피우며 과시하기 위해서, 밤마다 자신의 풀 죽은 잿빛 털을 가지런히 하느라고 그 띠를 붙였던 것이다. 그리고 쉬지 말고 그 집에 있는 서른세 개와 절반의 창 유리를 온통 집어던져라. 앞에서 뒤로, 위에서 아래로. 채색된 대문의 유리창도 아끼지 말아라. 썩어버린 대문 널빤지까지 집어던져라. 그리고 종鐘에 달린 밧줄을 뎅그렁와장창 빠개질 때까지 길게 끌고 다녀라. 이 집 앞에서는 미친 듯 고함을 치고 아우성치고 발을 쿵쾅 굴러라.

세상의 종말이 온 것처럼, 해일이 몰아쳐 온 것처럼, 〈묵시록〉의 기사〔페스트, 전쟁, 기아, 죽음을 상징하는 네 기사. 〈묵시록〉 6장 1~8절〕가 모든 것을 단칼에 쳐버리려고 말발굽 울리며 골목길을 달려오는 것처럼. 이 집의 초라한 소유주는 심장마비를 일으키리라. 그는 바지가 거의 벗겨져서는 맨무릎으로 주저앉아 통곡을 하리라. 이곳에는 고리대금을 하는 가축상 야콥 펠츠베르크가 살고 있었던 것이다. 그는 마치 흡혈귀처럼 구부러진 농부의 어깨 위로, 갈 데 없는 과부의 심장으로 달라붙어서, 헝클어지고 닳아빠진 그들의 돈지갑에서 마지막 한 푼을 착취해간 자이다. 하지만 이 지옥의 소동을 너무 오래 끌지는 말아라. 번개처럼 서둘러 떠나는 것이다.

내, 너희들의 다리에 힘을 북돋워주리라. 낡은 성벽과 탑이 있는 이 도시는 황량하고 어딘가 음침한 것 같다. 실상 우리의 이러한 예감에 앞질러 어느덧 도망간 소방수들이 깊은 노간주나무 숲에서 살금살금 기어 돌아와 벽돌과 양조장의 맥주통 뒤로 모여들어 있었던 것이다. 우리를 제압하고 사로잡기 위한 돌격을 개시하려고."

이러한 식으로 행동하고 말을 하려고 나는 마음을 먹었다. 그러고는 학교 교실에 앉아 모범 학생답게 역사의 연대와 대수의 방정식을 머릿속에 새기는 대신 이런 얘기와 행동을 거듭해서 채색해내었던 것이다. 나는 몰려오는 몽상에 즐거이 몸을 맡기었다. 나의 상상력은 바지 속에 꽂혀 있던 서커스 프로그램의 검둥이를 피와 살을 갖고 살아 있는 모습으로 변신시켰던 것이다. 몰래 피우는 담배의 꾸불꾸불한 연기 속에서부터 검둥이는 내게로 다가와 흑단黑檀 같은 손가락으로 무릎을 탁 치며, 번쩍거리는 치열을 드러내고, 얼굴에 온통 악마처럼 만족스런 웃음을 히쭉 떠올리며 속삭이는 것이었다.

"주인님, 주인님께서 라틴어 학교 앞 장터에 그렇듯 대담하고 영웅적인 모습으로 등장하신다면 주인님의 명성은 전 프랑켄에 떨쳐질 것이옵니다. 그리고 주인님의 행동과 말씀은 학교 연감에 기록이 될 것이고요. 학교의 후배들한테는 주인님의 높으신 명성이 감탄과 경외의 후광을 업고 빛날 것입니다요."

학창 시절의 친구들

그들과 더불어 나는 격동에 찬 인생의 황금기를 보냈다. 파노라마처럼 뇌리를 스쳐가는 한 무리의 영상들, 판사나 목사가 된, 농부가 되어 기억 속에서 라틴어의 시구詩句를 뿌리며 경작하는, 아니면 은행원이 되어 모험을 갈구하던 젊은 날의 웅대한 꿈을 장부의 차변과 대변 속으로 녹아 없애버린 친구들, 머릿속에는 반항과 고집, 뜨거운 동경과 설렘으로 꽉 차 있던 소년들의 모습을 다시 한번 차례차례 더듬어보노라면 나는 어린 시절의 나 자신과 재회할 수 있으리라. 삶의 의욕으로 충만하여 즐거우면서도 남 모르는 비밀과 투시할 수 없는 미지의 앞날에 대한 불안으로 번민하던, 온통 분별없고, 결단성 없던 열세 살짜리, 아니면 열다섯 살짜리의 내 자신과.

나를 에워싼 한 무리의 친구들은 죽음 속으로 가라앉아 갔다. 걷잡을 수 없는 비약의 발걸음으로 내 인생 속으로 뛰어들어온 젊음은 4년간의 세계대전의 광풍과 화염 속에서 갈갈이 찢어지고 산산조각이 나고 말았다.

그래서 이따금 나는 모든 친구들 중에서 아직도 목숨을 붙이고 있는 자는 나 자신뿐인 듯 느껴질 때가 있다.

마르라는 친구는 프랑켄 주 뢰엔의 아늑한 숲 속에서 태어난 산지기 아들이었다. 그의 주변에는 늘상 물과 숲의 입김이 서리고 송진과 건초의 향내가 풍기고 있었다.

그는 대담하고 꾀가 많고 장난을 좋아하며, 야심이 만만하고, 배우는 데 억척스럽고, 게다가 괴짜이면서 재치가 있는 소년이었다.

그는 연둣빛 여린 가지로 모자를 엮어서는 닭털 장식을 하거나 푸른 반점 있는 어치의 흰 날개를 꽂아 쓰고 다니기를 좋아했다. 또 이미 열네 살 때 아버지를 쫓아 사냥을 가서 목〔매복 장소〕에 숨어 있다가 수노루 한 마리를 쏘아 죽인 적도 있었다. 그는 새들이 깃을 치는 장소를 찾아내어 둥지에서 새알을 꺼내서는 바늘로 알들의 끝을 찔러 알맹이를 끄집어내었다. 그러고는 속이 빈 알을 수집가들에게 팔아먹었다.

한 번은 화창하게 맑은 어느 가을날, 우리는 돌을 던지고 장대를 치면서 우람한 나무에서 밤을 따고 있었다. 그때만 해도 푸른빛 금속 첨탑이 솟아 있던 잘레크 성의 아름다운 모습이 언덕에서 굽어보며 인사를 하고 있었다. 나는 밤톨로 그 친구의 무릎뼈를 겨누어 세차게 맞혔다. 그러자 그는 미친 듯이 열이 올라서 사냥꾼처럼 손쉽게 언제라도 쥐게끔 주머니 속에 넣고 다니던 칼을 뽑아 날을 세워 들고는 나를 쫓아 쏜살같이 달려왔다.

나는 그에 앞서서 뒤도 돌아보지 않고 도망치다가 느닷없이 우뚝 서버렸다. 그러고는 아파서 비명을 지르며 바닥에 주저앉았다. 맹목적으로 뒤따라오던 그는 날카로운 칼로 나를 찔러 혈관을 건드렸던 것이다. 짧은 바지에서는 피의 얼룩이 흠씬 배어났다. 친구들이 나를 가까이 있던 성城으로 끌고 갔고, 그곳에 있는 양치기가 상처를 세척하고 지혈액을 두드려 바르며 고약을 붙여주었다.

그 친구 역시 전쟁 중 출정을 했고, 세 번이나 부상을 입었던 것이다.

알프레드는 어느 부유한 상인의 아들이었다. 그에게는 예쁘고 날씬한 누이들이 있었는데 그중 한 누이를 우리의 라틴어 선생님이 사랑하고 있었다. 겨울날 그 선생님은 이 사랑스러운 처녀와 얼음판에서 멋있게 춤을 추었다. 그리고 여름날 오후면 나는 외딴 숲 계곡에서 곧잘 이 여인들과 부딪쳤다.

알프레드는 겁이 많고 추위를 잘 탔고 추워지면 뺨이 파랗게 질렸다. 그는 성적이 불량한 학생이었다. 언제든지 정신은 다른 데 가 있고, 수업 과목에 취미를 못 붙였다. 다만 피아노만은 묘하게 힘찬 터치로 조금도 거침없이 거의 예술적으로 연주했다.

그는 자연을 사랑할 줄 몰랐다. 여름이 와도 우리와 수영이나 미역 감으러 잘레 강으로 간 적이 없었다. 언젠가 나는 갈대 벌에서 노란 부리의 어린 새가 고물고물 들어찬 개개비의 예쁜 둥지를 보여준 적이 있다. 내게는 그토록 기쁨과 즐거움을 주는 그 물건이 그에겐 다만 지루할 뿐이었다. 그는 에튀드라든가 작곡, 트레몰로, 급속 연속음 같은 얘기나 하는 것을 제일 좋아했다.

우리 모두가 졸업을 해 학교를 떠난 뒤 어느 날, 나는 프랑켄 지방 소도시의 장터를 걸어가다가 그를 만났다. 그때 그는 다보스의 폐결핵 요양소 안에서의 묘한 생활에 대해 이야기를 들려주었다. 아마 그는 그곳에서 알게 된 어느 조그만 러시아 계집애한테 홀딱 빠져 있었던 모양이었다. 읽어서 닳아빠진 편지 틈서리에서 그는 한 가닥 머리칼을 끄집어내었다. 머리칼은 옻칠처럼 새까맣게 반짝이고 있었다.

1년 뒤 나는 신문에 그의 부고訃告가 난 것을 읽었다. 그의 나이 미처 열아홉도 되기 전이었다.

친구들 중에는 마인게겐트 태생의 어느 소농小農의 아들이 있었다. 유난히 눈자위가 좁고 음침하게 쏘는 듯한 시선을 한 외고집쟁이였다. 아버지는 그 아들이 성직자, 이를테면 목사가 되기를 원했지만 아들은 툭 하면 욕설이나 입에 담고 공부도 하지 않으며 자유로운 시간만 나면 소형 피스톨을 들고 산울타리를 따라 다니거나 숲가를 돌아다니며 새를 쏘아 잡았다.

그는 달리기와 기어오르기에는 선수였다. 한번은 알을 품은 부엉이의 둥지를 망쳐놓은 적이 있었다. 그러자 부엉이 한 쌍이 무시무시하게 울부짖어대면서 둥지 도둑이 앉아 있는 소나무 수관樹冠 주변을 뱅뱅 맴도는 것이었다. 그때 그는 돌멩이를 던져 암놈의 머리통을 으깨어버렸다. 지금은 돌이켜 생각만 해도 혐오감이 일지만 그때 우리들은 어쩔 줄 모르게 좋아하며 이런 장난을 쳤었다.

언젠가 우리는 포도주 창고에서 토기 항아리들을 훔쳐서 조약돌을 잔뜩 채워 넣고 검정 화약가루를 덮어 붓고는 벌어진 틈마다 물속에서 폭발하는 도화색導火索을 찔러 넣어서 아가리에 코르크 마개를 했다. 그러고는 도화색이 달린 이 용기容器들을 잔잔한 강물 속으로 던졌다. 하나하나의 용기들은 폭발을 했고, 토막 난 물고기의 시체들이 강의 표면으로 둥둥 떠다녔다. 그때 우리는 손가락으로 신나게 휙휙 휘파람을 불어댔다.

그 친구는 곧 학교를 집어치워버렸다. 라틴어와 그리스어, 수학 과목에서 번번이 거듭 낙제 점수를 받았고, 학교 질서에 적응하려 들지를 않았던 것이다.

훗날 그는 프랑스의 이역異域으로 도망을 쳤다가 폭도 압트 델 크림에 대항하는 전투에서 전사했다.

프리츠라는 이름이 또 다른 친구는 흡사 할아버지 같은 얼굴 모습을 한 훌쭉하고 융통성 없는 소년이었다. 그의 아버지는 한때 수도원 부속 양조장이었던 어느 양조장에서 기사장技師長 노릇을 하고 있었다. 양조장은 시내에서 이십 분쯤 떨어진 산 중턱에 자리 잡고 있었는데 이 언덕의 연변으로 넓은 하얀 길이 숲과 포도원 마을로 이어지고 있었다. 프리츠는 책 보따리를 어깨에 바짝 둘러메고 겨울이나 여름이나 이 길을 걸어다녔다. 그는 식물 선생님한테 표본용 꽃의 대부분을 갖다 바쳤다. 그가 다니던 큰길은 언덕을 타고 올라와 수풀 사이로 들어서기까지는 초원으로 뒤덮인 습하고 널찍한 골짜기를 통과했기 때문이었다.

그는 잘레 강에서 멱을 감다가 익사했다. 밀물이 몰려와 강물이 초원을 흙탕의 물결로 뒤덮으며 흐르고 있었다. 햇빛이 화사하게 쏟아지는 넓고 깊은 웅덩이 속에서 우리는 헤엄을 치고 있었다. 그런데 느닷없이 내 앞에서 그가 물속으로 잠기더니 손을 위로 허위적거리며 불쑥 솟았다가는 다시 가라앉았다. 그리고 다시 한번 솟았지만 처음처럼 높이 솟아오르지는 않았다. 우리는 미친 듯이 살려달라고 고함을 지르며 흙탕물 속으로 잠수를 해보았지만 그런 수고도 허사가 되고 말았다.

몇 시간 뒤, 그의 시체는 갈고리로 강바닥을 수색하던 어부들에 의해 발견되었다.

불과 열다섯의 어린 나이에 그는 엄숙한 행렬이 지켜보는 가운데 시립묘지에 묻혔다. 그 장례식에서 나는 촛불을 켜 들고 있었다.

칼은 눈에 띄게 단아한 귀공자 같은 체격을 갖고 있었다. 그와 나의 부모들은 날씨 좋은 일요일이면 곧잘, 그 지방 특유의 포도주를 파는 프랑켄의 어느 마을 주막을 찾아 시골로 가곤 했다. 학교 과목이라면 하나같이 냉소의 눈초리로 바라보던 슬프고 커다란 눈. 그의 눈을 나는 아직도 생생하게 기억하고 있다.

바보도 아니고 다만 지독히 골똘한 공상이 많고 비사교적이었을 뿐이었는데도 그는 이미 배운 과목을 두 번이나 거듭했다. 여자처럼 조용한 소년이었으면서도 그는 각종 인디언 책들과 화살, 활, 창, 방패, 투석용 가죽끈, 던지는 도끼들을 수집해 갖고 있어서 많은 친구들의 부러움을 샀다. 하기는 그것들이야말로 그의 어린 가슴에 강한 모험욕과 뜨거운 공상의 불길을 붙여준 촉매제였었다.

미처 극진한 놀이 동무가 되지도 못한 채로 법원 관리인 그의 부친이 다른 시로 전근을 하게 되어 우리는 헤어지게 되었다. 칼은 일찌감치 학업을 끝마치고 법원의 중급 관리의 경력을 쌓기 시작했다. 이따금 나는 신문이나 잡지에서 그가 쓴 단편소설이 실린 것을 읽었다. 대체로 유머와 예리한 관찰력과 휴머니즘이 넘치는 단편들이었다. 바이에른의 농부, 행상, 비천한 수공업자들이 그의 소설의 주인공이었고, 그들이 겪는 궁핍과 모험, 간계가 그의 소재였다.

내게는 칼의 존재가 잊혀지고, 기억 속에서 씻은 듯이 사라져버린 전쟁통에, 나는 느닷없이 그로부터 한 통의 편지를 받았고 즉각 답장을 쓰며 책과 초콜릿, 담배를 보내주었다. 그러고는 답장을 받지 못했다. 아무것도 받지 못했고, 그의 글도 다시는 읽을 수가 없었다.

그는 홀연히 내 앞에 나타났다가는 곧바로 잠적해버렸다. 전쟁 중 참호의 대폭파 중에 실종되어버렸던 것이다. 나는 그의 운명을 알 수가 없다. 필시 그의 종말은 처참했으리라. 아무 생각 없이 수학이나 대수 문제를 풀 때에 슬픔과 냉소를 머금고 바라보던 그의 눈동자가 끊임없이 내 눈앞에 어른거린다.

그들과 맺은 우정이 이후의 내 인생에까지 살아 이어진 친구는 내게 한 사람도 없었다. 학창 시절이 흘러간 뒤의 인생 행로에서 나는 아무와도 재회를 한 적이 없다. 대부분의 친구가 피의 구름 속으로 사라져간 것이다. 하기야 죽음이란 이미 그때 교실 의자 위로 그들 사이에 내려와 앉아 있었다. 그들이 배운 라틴어는 장송전례葬送典禮처럼 울려오고 있었던 것이다.

음악 시간

• **수도원의 종소리**

속표지는 흑백의 판화였다. 'Les Cloches du Monastére〔수도원의 종소리〕'라는 당초문唐草紋의 품위 있는 문자가 하늘거리는 황혼의 구름 사이를 가로지르며 뻗어 있었다. 그리고 바위가 많은 높은 산등성이의 곡선. 이 곡선에 그림 틀처럼 에워싸인 채 유리창투성이의 수도원 하나가 꿈꾸듯이 성벽에 갇혀 있었다. 그곳에는 조그만 교회당이 한 채 딸려 있는데, 그 교회 탑 안으로 뎅그렁 흔들리는 종의 모습이 눈에 띄었다. 속페이지의 악보를 펼치기도 전에 나는 소년의 환상을 사로잡는 시적詩的인 장면에, 남국의 나무와 무성한 꽃잎으로 화려하게 치장된 이 그림에 홀딱 빠져버렸다.

〈수도원의 종소리〉는 루피나가 제일 좋아하는 곡曲이었다. 루피나는 프랑켄 주의 저지대에 자리 잡은 이 도시에서, 단정하고 사뿐사뿐한 걸음걸이로 이 집 저 집을 다니며 상인과 관리의 아들 딸의 과외 공부를 도와주고 피아노 교습을 해주던 처녀였다. 루피나가 이 곡을 좋아한 것은 손가락 스케일 때문이었다. 이 곡을 연주하려면 숙련된 손놀림이 불가피했던 것이다.

내가 이 처녀 앞에서 그 곡을 쳐 보여야 하는 시간은 늘 거의 저녁 무렵이었다. 대체로 그것은 괴로운 저녁이었다. 다섯 시에서 여섯 시에 이르는 무렵의 시간이야말로, 이 오래된 시市 성벽 주변에서 아이들의 떠드는 소리가 가장 요란스러울 때였기 때문이었다. 까다로운 절분법과 급속 연속음으로 이루어진 도입부의 종소리 같은 안단티노의 흐름 속으로 신나게 노는 친구들의 왁자한 소음이 타는 듯 신랄하게 찌르고 들어오며, 나를 조롱하고 멸시하는 듯이 느껴졌다.

지금도 기억하고 있지만 그 곡은 음색音色을 깊게 하는 다섯 개의 임시 기호로 시작되어 있었는데, 그때의 내 능력의 정도로는 너무나 높은 수준의 악마와 같은 곡이었다. 높은 건반의 거의 끝, 최고 음부에서 시작해서 의연하게 종소리를 표현해내면서 물결처럼 점점 낮게 저음부로 울려나가는 것이었다. 이 곡을 연주하는 데는 그윽하고 유려한 터치가, 뿐만 아니라 페달의 조작이 자주 요구되었다. 어느 부분에서는 세찬 리솔루토까지, 또 넓게 울려 퍼지는 그란디오소에까지 소리가 팽창하여 그에 이르면 피아노가 온통 전율을 일으키는 것이었다. 〈수도원의 종소리〉는 소야곡으로서, 어느 프랑스 작곡가의 황혼기의 작품이었다. 그리고 그것은 피아노와 바이올린, 피아노와 플루트, 그리고 하나 또는 두 개의 키타라〔고대 그리스의 하프 비슷한 현악기〕를 위한 것으로 편곡이 되었다.

나는 늘 〈수도원의 종소리〉가 키타라의 현으로 바이에른 산지로 울려 퍼지는 것을 한 번 들을 수만 있다면 하고 꿈꾸었다. 그 당시 나는 그것이 달착지근한 싸구려 작품이라는 것을 느끼지 못하고 비상한 걸작이라고 생각했던 것이다. 피아노를 치는 곳이라면 어디서든 들을 수 있었으니까. 그 곡은 경건하게 단조로우면서도 우레처럼 요란하게 울렸던 것이다.

내가 앞에 앉아 이 요란한 소음을 두들기던 건반은 이제는 잊혀지고 흘러가버린 세월 동안의 무수한 터치로 노랗게 퇴색해버렸고, 악보는 곰팡이가 슬어 얼룩이 져버렸다. 그리고 내게 운지법運指法과 정확한 급속 연속음을 가르쳐준 예쁜 처녀 루피나도 벌써 오래전부터 십자가 밑에 잠들어 있다. 썩고 비틀어진 채 땅속에 꽂혀 있는 그 십자가의 주위에는 봄과 여름이면 희고 검은 제비꽃이 피어 레이스처럼 치장이 되었다. 악보의 둥근 머리들이 꽃봉오리로 화해서.

내가 〈수도원의 종소리〉를 배우던 방의 한쪽 창문은 정원으로 변해 있어서 여름이면 나뭇잎이 살랑대고, 가을이 되면 익어가는 배들이 유혹하는 풍경을 바라볼 수 있었다. 겨울이면 먼 곳에서 날아온 철새들이 깃을 곤두세우고, 노래를 잊은 채 가지에 앉아 있었다. 또 다른 창은 직접 자연으로 뻗은 숲에 면해 있었다.

봄이 되어 라일락의 덤불 사이로 꽃이 터지는 소리, 친구들이 왁자하게 노는 소리가 들려오면 그곳 창 앞에는 피아노 시간의 시작을 앞둔 한 소년이 다가서서 눈에 이슬을 한 방울 맺고 있었다.

• 슈바르츠발트의 물레방아

이 곡은 세 개의 제목을 달고 있었다. 제일 먼저 영어로 'The Mill in the Black-Forest', 그리고 독일어로는 좀 큰 활자로 'Die Mühle im Schwarzwald', 그 밑에 다시금 작은 활자로 'Le moulin de la forêt noire'. 이 세 개의 제목은 이 곡이 널리 알려져 있고 국제적으로 사랑을 받는다는 것을 증명해 주고 있었다.

〈슈바르츠발트의 물레방아〉는 어린 시절 내가 제일 좋아하던 곡이었다. 가을과 겨울의 일요일 오후, 네 시 무렵의 커피 시간에 손님들이 찾아와 구부려 인사를 한 뒤, 조심스럽게 손질이 된 비로드 의자 위로 예의 바르게 파묻히듯 착석하고 나면, 바로 그런 때를 위한 일종의 퍼레이드용 곡이었다.

그때 꼬마 안톤은 꿈을 꾸듯이 아홉 살이라는 나이를 망각하고 공중公衆의 비판적인 라이트 속으로 등장하는 것이었다. 코밑 수염을 기른 까만 눈의 교감 선생님 발리발트 로이어 씨, 스푼을 찻잔 속에 꽂은 채로 차를 마시고 있는 희끗한 머리의 비서인 그의 부인, 그리고 양친을 포함한 기타 청중들 앞에서 안톤은 피아노 앞에 앉아 〈슈바르츠발트의 물레방아〉를 연주해야만 했었다. 그는 몇 번이나 음표를 헛짚다가는 〈시냇가에서〉라는 매혹적인 표제가 붙은 안단티노를 두들기기 시작했다.

"과연 훌륭하군요." 소년 뒤에 자리 잡고 있던 까만 코밑 수염께서 말씀을 했다.

"아, 얼마나 좋습니까. 저는 맘놓고 자신 있게 말할 수 있습니다. 얼마나 대가大家다운지요. 작곡가 아일렌베르크 말씀이죠. 그렇지 않냐, 안톤." 그는 나를 향해 소리쳤다.

"작곡가는 리하르트 아일렌베르크이죠! 정말, 리하르트 아일렌베르크는 이 작품 52에서 찰싹대며 즐겁게 졸졸 흐르는 시냇물 소리를, 바로 슈바르츠발트의 시냇물 소리를 얼마나 적절하게 재현해내었는지요. 정말 노련하지요. 안톤이 꽤 유려하게 기교를 살려 들려준 여러 형태의 바이브레이션이 제게는 마치 여울을 헤치고 물결에 밀려, 바위 표면으로 굴러온 둥근 조약돌을 가는 소리처럼 느껴지는군요."

선생님의 찬사에 찬 이런 해설이 있은 뒤에 나는 '물레방아'라는 표제의 제2부, 알레그레토를 연주했다. 그러자 청중들은 발을 구르며 몸을 흔들어 호응을 해오지 않는가! 선생님께선 나지막이 휘파람을 불었고, 누구인가 스푼으로 찻잔을 때리며 박자를 맞추면서 특히 내가 세 개 음을 변조變調하는 대목에 가서는 더욱 세차게 강조를 했다. 이렇게 찻잔 받침을 세게 두드리는 반주로써 그는 자신의 음악적인 교양의 우수성까지 과시하려 들었던 것이다.

남자들이 피우는 담배에서는 진하고 파란 연기가 나와 구름을 이루더니 그 연기가 가느다란 꼬리를 끌면서 의자 위에 앉은 내 작은 몸뚱이 주위를 휘감았다. 그리고 나는 환상 속으로 녹아든 슈바르츠발트의 산지 위로 뭉게뭉게 덩이를 이뤄 방황하는 구름에 관한 연주를 했다.

• 랑데부

낡은 악보 앨범 안, 이 제목의 옆에는 연필로 '2, 1'이라는 표시가 되어 있다. 두터운 악보 책의 닳아빠진 모서리를 굽어보며 곰곰 생각해봐도, 그것은 1월 2일이라는 뜻일 수밖에 없는 것 같다. 그러니까 1월 2일에 단정하게 차려입은 소년인 나와 나란히 구스타브 슈토이어만 선생님이 피아노 앞에 앉아 다음 시간까지는 〈랑데부〉를 연습한다는 표시로 귀퉁이에 이런 숫자를 천천히 그려넣었던 것이다.

랑데부! 개구쟁이 짓이나 일삼던 열세 살짜리의 이해력에 그것이 무슨 의미를 가졌을까? 밀회가 지닌 달콤한 황홀경은 훗날에 가서야 인식의 눈을 떴고, 훗날에 가서야 내게도 닥쳐왔었다. 은밀히 휙 스쳐가는 처녀의 베일의 발걸음처럼 팔딱팔딱 도약하며 하늘하늘 흔들리는 거품 같은 이 곡을 불과 열세 살짜리 소년은 익혔었다. 분명코 나는 그것을 훗날에도 수없이 연주했던 모양이다. 앨범의 바로 이 페이지에는 다른 페이지와 대조적으로 손때가 갈색으로 거의 새까맣게 묻어 있고, 너무나 책장을 자주 펼치고 넘겨 부슬부슬해져 있는 것이다. 이 곡을 치면서 건반 앞에 앉아 있노라면, 상아로 된 건반 위로 정원수의 초록빛 잎새가 담록빛 음영을 드리우고 아른거리던 그런 저녁이 퍽이나 많았으리라. 또한 5월, 6월, 7월의 밤, 뜨거운 여름의 밤이 숱하게 그렇게 흘러갔으리라.

설렘과 기대로 심장이 두근두근 고동치고 있고, 시선은 건반에서 벽에 걸린 시계로 뛰었다가는 다시금 건반 위로 되돌아왔으리라. 그리고 밑줄 가사에 "사랑이여, 내 사랑이여, 내 그대를 사랑하노라"라고 쓰인 대목에 이르면 내 입은, 입맞춤을 애타게 갈구하는 내 입은 기꺼이 그 가사를 따라 노래했으리라. 하지만 나는 그렇게 하는 것을 삼갔었다. 바깥 발코니에는 안경을 코에 걸고 조그만 지방 신문을 손에 든 어머니가 앉아 계셨기 때문이었다.

바로 옆 정원으로는 두 가닥으로 길게 땋은 금발을 어깨에 늘인, 열다섯 살짜리 바베테 운페어차크트〔Unverzagt: '꿋꿋한'이라는 의미]가 초록빛 물뿌리개를 보듬고 걸어가고 있었다. 그렇게 야릇하고 우스꽝스런 이름을 가졌지만 나는 열광적으로 그녀를 사랑했다. 호수처럼 맑은 눈, 육감적인 도톰한 입술, 투명한 피부로는 금발이 나부끼고 있었다.

그녀의 아주머니 집 정원에서 꽃과 야채에 물을 주기 위해 꽃밭 사이로 걸어가는 그녀를 보게 되면, 나는 피아노의 뚜껑을 닫고 살그머니 뒤를 좇아갔다. 누구의 눈에도 띄지 않게 울타리의 개구멍을 통해 기어 들어가서는 정자亭子에 몸을 숨겼었다. 어느덧 나는 랑데부의 감미로운 황홀경에 눈이 떠 있었던 것이다.

건초 예찬

마른풀의 향내, 프랑켄 평야의 어린 시절부터의 구원의 향기여!

그 시절, 뜨거운 여름날이면 프랑켄의 잘레 강 계곡과 마인 강 유역의 풍경은 온통 이 향기로 뒤덮였었다. 어스름 황혼이 되면 내려오는 밤의 촉촉한 습기 속에서 그 향내는 유난히 짙고 격렬했다. 이런 무렵이면 소년의 가슴은 언제나 뒤집히듯 설레고는 했다. 이 끈끈하고 짙은 향내 속에서는 또 다른 향내가, 땅 밑의 입김이 서려 부동浮動하고 있었기 때문이었다.

공상 속에서의 여행의 향기, 폭풍우가 지나간 뒤 바다가 던져놓고 간 마른 해조의 알알한 향기. 서랍에서 끄집어낸

지도에서 나는 곰팡이 얼룩의 향기, 유랑민이 거두어들인 포도의 향기, 칙칙폭폭 떠나가는 기관차가 남겨주는 축축한 유황의 냄새가 서려 있었기 때문이었다.

프랑켄 농가의 광에서 나는 마른풀 냄새는 구원의 향기이다. 매혹적인 대들보 밑의 서늘한 기운, 햇빛 비친 한 송이 수련 뿌리 위로 정기精氣 있게 어리던 초록빛 여명처럼 으스름한 등불. 어둑한 가을날이면 나는 이 마른풀 더미 지대를 오르락내리락 서성이며 묵은 향내 속에서 지나간 여름의 영혼을 찾고 있었다.

새하얀 달팽이의 자취와 나비의 날개 무늬와 수줍은 토끼의 무리에 대한 기억을 더듬고 있었다. 먼지와 발효로 한층 탁해진 공기가 지붕 밑에 무겁게 드리워 있었고, 이제는 힘없이 축 늘어져 서 있는 초목의 온기가 육감적인 입김처럼 살갗을 스쳤다. 마른풀 줄기를 잇새에 물고, 떨어진 거미줄을 흰 깃발처럼 초록빛 윗도리에 걸친 채 나는 사다리에서 사다리로, 바닥에서 바닥으로 무릎을 펄썩 주저앉아 기며, 어느 때는 건초 웅덩이 속에 동그랗게 웅크리고 잠들어 있는 낯선 고양이를 쫓아가면서 비트적거리고 있었다.

그때 나는 무엇을 찾고 있었던가? 농부의 아내는 광에서

암탉이 낳아놓은 달걀을 찾는다는 것을, 총각은 위쪽에서 다진 바닥으로 건초를 내리느라 갈퀴질을 하고 있는 싱싱한 처녀를 찾아서 못살게 군다는 것을 나는 알고 있었다. 하지만 나는 그런 것 중 어느 것도 찾고 있지 않았었다. 다만 꿈과 공상을 더듬고 있었던 것이다. 내 머릿속에서 알 수 없는 아지랑이가 일더니 꿈과 공상의 불을 붙였고, 수수께끼처럼 아롱아롱하는 언어를 내게 불어넣어주었다. 나는 이 언어에 괴팍스런 자부심과 리듬을 붙여가며 끝없이 독백을 이어갔던 것이다.

미처 벌초하기 전, 아직 풀들이 살랑살랑 흔들거리며 꽃망울을 숙이고 서 있는 동안 메뚜기 무리의 윙윙대는 울음소리야말로 웅장한 것이었다. 도도히 흐르는 물결의 멜로디요, 끝을 모르고 드르륵쩔그럭 톱을 켜는 소리였다. 거기에 간간이 끼어드는 귀뚜라미 울음. 그것은 땅 구멍에서 솟아나오는 바이올린의 진동이었다. 그 위에서 풀을 베는 긴 낫이 내는 단조로운 노랫소리.

건초를 수확하는 동안에는 드르륵드르륵 바위에 낫을 가는 소리가 들린다. 또는 날을 가는 망치 소리—잠을 깨워주는 아침의 망치 소리와 은은히 스러져가는 저녁의 그 소리. 나무 갈퀴 밑에서 미처 덜 마른 풀이 내는 바삭거림. 찌는 듯한 무더위가 서쪽에서 뇌우가 쏟아질 것을 경고해준다. 높이 적재한 마차의 삐걱거림. 진한 땀방울 냄새—그것은 넓게 챙 달린 밀짚모자 밑에서 늙은 농부의 주름 진 얼굴 위로 투명하게 방울져 굴러 내리더니 먼지 속으로 슬그머니 날아가버렸다.

건초의 향내 속에서, 이미 죽음에 의해 베어지고 망각의 세계에 묻혀버린 그 옛날의 풀을 베던 무리들이 아물아물 떠오른다. 온통 햇볕에 그을려 거무튀튀한 얼굴의 기다란 사슬. 교회의 축성일이면 클라리넷을 불었던 그들. 나무껍질의 담배통에서 흙 묻은 엄지와 집게손가락으로 냄새 맡는 담배를 집어 올리던 그들.

콧마루를 벌름거리며 씁쓸하면서도 달콤한 마른풀의 아물거리는 향내를 함뿍 들이마실 때면, 그들 모두의 모습이 내 가슴속에서 되살아 움직인다. 또한 젖은 수건을 휘감은 포도주 항아리랑, 더위로 인해 기름이 번질번질 배어 나온 훈제한 고기를 바구니에 담아 들고 어느 버드나무의 엷은 그늘 밑에 내려놓던 마을 처녀와 아낙네들까지도.

그들은 갓 베어낸 건초의 행렬을 갈퀴로 뒤집으며, 땅바닥 쪽을 향해 있었기 때문에 아직도 눅눅한 풀들을 햇볕에 널어놓았었다. 이렇듯 소용돌이치며 풍기는 진한 향내는 육감적이며 자극적인 것이다. 그렇게 해서 들뜬 가슴은 황혼을 지나 한밤중이 되도록 가라앉지를 않아 사랑하는 이로 하여금 이 방에서 저 방으로 맨발의 발걸음을 충동질했던 것이다.

하지만 건초의 향기 속에 스며 있는 것이 어디 그뿐인가. 여독旅毒에 못 이긴 지나가는 나그네들까지도 반쯤 그늘진 두둑에 다리를 뻗고 누웠었다. 그곳의 버림받은 웅덩이 속에서는 귀뚜라미가 다른 세계의 귀뚜라미를 향해 불붙는 사랑의 고백을 끊임없이 노래하고 있었다. 나그네의 갈색 눈과 처녀의 푸른 눈 사이에 시선이 오고 갔다.

마치 그때 먼지투성이로 써늘한 두둑에 드러누워 마른풀을 뒤집고 있는 맨발의 여인네들을 바라보던 내 모습처럼. 마른풀의 향내는 어떠한 화학적인 대충代充물로도 몰아내질 수가 없으리라. 사랑의 시선이 어떠한 새로운 종교로도 대치될 수 없듯이.

화사한 여름날 동안 프랑켄의 잘레 강, 묵묵한 사랑이 흐르고 있는 소박한 농촌의 강의 연변으로는 위로 거슬러 올라가나 아래로 내려오나, 거대한 건초의 더미들이 헤아릴 수 없는 침침한 무리를 지어 등을 돌리고 행렬을 이루고 있었다. 그런가 하면 흐름을 정지한 듯한 고요한 수면 위로는 솟고 잠기면서 밤의 무도회를 열고 있는 하얀 각다귀 떼를 쫓아 제비들이 여전히 철썩철썩 물을 차고 있었다.

어둠이 내릴 무렵이면 층층 쌓아올린 풀 더미에는 아직도 낮의 태양의 열기가 남아 있었다. 강물은 느릿느릿 들릴 듯 말 듯 소곤대고 있었고 보랏빛 과일처럼 숲 위로는 달이 떠올랐다. 게다가 육중한 성城이 자리 잡은 포도원의 언덕은 물빛 음영陰影의 장막 속에 들어서서 강물의 신선함을 마시고 있었다. 사랑을 하는 데 여기에 무엇이 더 필요했을까? 그곳의 별하늘 밑에서 그대들은 내게 수줍은 키스를, 시든 장미꽃이 꽂힌, 푸른 꽃무늬의 옷 속에 감추어진 그대들의 젊고 발랄한 육체를 선사했었다.

그때의 입맞춤은 가장 아름다운 입맞춤이었다. 그 이상 아름다운 입맞춤은 영원히 없었다. 그대들도 아직 이따금씩 그 시절을 회상하는가? 건초를 거두어들이는 향내가 해 지는 골목으로 불어올 때면 나는 눈앞에 보듯이 고향을 생각한다—고향은 지금도 그 시절과 달라진 것이 없으리라.

열려진 창으로 흘러들어와 자란紫蘭의 방향芳香과 어우러드는 밤의 건초의 향기여, 알 수 없는 향료여, 너는 얼마나 많은 수천 수만의 꽃봉오리가 발효하여 이루어진 것이냐? 그 중에는 햇볕에 익은 꿀방울을 빨기 위해 벌들이 찾아드는 하얀 클로버 꽃이 있었다. 또한 아직 아침 햇볕을 받아 이슬방울이 보랏빛으로 반짝일 때, 목동들이 가지째로 곧잘 꺾어가는 가새풀의 별 모양 연분홍 꽃이 있었다.

어찌 그뿐이랴, 이 향기 속에는 야생 완두류와 황금 클로버, 마디풀과 조팝나무, 그리고도 수많은 사랑스러운 꽃망울들, 수호신과 요정을 위한 부산물의 향기가 서리어 부동하고 있는 것이다.

밤에 풍기는 건초의 향기는 촉촉한 습기가 있었다. 그 습기는 늪지로부터 넓게 퍼진 부연 안개 속으로 발산한 이슬에서 연유한다. 수줍은 작은 짐승들이 숱하게 이 습한 향내 속을 휙 스치며 달려가버렸다. 이제 이 향기는 한층 격렬하고 짙게 퍼지리라.

잘레 강 저편 산등성이 위로는 밤의 뇌우가 몰려와서 잔잔한 아지랑이 위로 굵은 물방울을 몇 방울 뿌리고 있는 것이다. 오오, 밤의 향기여, 수많은 감미로움의 씨앗이여! 그리고 인간이여, 그대는 잠들어 있는가? 깨어 일어나 심호흡을 하고 취해보라! 처녀의 덧창을 두드리는 목신처럼 맨발로 걸어보라!

첫 키스

이제는 이름도 잊어버리고 얼굴 모습도 기억에 없는 소녀여, 나는 너와 첫 키스를 했다. 네 입술은 마치 화장도 하지 않고, 뚜렷한 모습을 갖추지 않았고, 나의 것도 분명코 다를 바 없이 이제 성깃성깃 수염이 나기 시작한 고집 센 소년의 입술이었다. 그제껏 가슴을 꿰뚫는 정열적인 사랑의 고백을 해본 적도 없고 다만 어떤 라틴 작가가 쓴 순환문을 더듬더듬 낭독하거나, 특별히 악센트가 있는 교과서 시구를 위해서나 사용된 입술, 고함을 지르고 욕설을 퍼붓고 휘파람을 불 때나 써먹은 입술, 아침 커피를 급하게 훌쩍거리며 마실 때나 사용되었을 뿐인 입술이었다.

우리는 프랑켄 주의 작은 도시 눅눅한 냄새 나는 어느 좁은 골목에서 서로 유별난 관심을 표한 적도 없는 상태로, 그야말로 하루같이 만났었다. 하기야 나는 겨울이면 네게 눈 뭉치를 던졌고 여름에는 낡은 자전거 펌프로 물벼락을 뿌린 적도 있었지만.

너는 아마도 금발 머리를 땋고 있었던가 아니면 챙 넓은 물빛 모자 밑으로 집시풍의 까만 곱슬머리가 구불거렸던지 그랬던 것 같다. 너는 여름날 저녁 일정한 시간이 되면, 높이 박공牔栱을 한 목조 건물의 창가에 모습을 나타내어 조그만 초록빛 물뿌리개로 자란紫蘭과 푹사〔남미 원산의 관상 식물〕와 베고니아 분盆에 물을 주고 있었고, 나는 대체로 이 무렵에 책가방을 겨드랑이에 끼거나 흙으로 더러워진 손에 한 다발의 투척投擲용 장대를 들고 이 집 앞을 지나다녔다.

봄이 되면 풍뎅이를 떨어뜨리려고 어린 밤나무를 흔들어대던 소년의 손, 가을로 접어들어 단풍 들어가는 호도나무 꼭대기에다가 짧은 몽둥이를 던져서 노획한 호도 껍질이 묻어 갈색과 초록으로 얼룩진 손, 널찍하게 줄이 쳐진 종이에다 붉은 잉크로 삐뚤삐뚤한 시구를 써서 뚤뚤 말아 조그만 돌멩이에 붙여 묶어서는 여학교의 열린 창으로 띄워 보냈던 손. 이 손이야말로 어느 가을의 한낮, 네가 어둠침침한 현관으로 들어섰을 때 대담하게도 네 어깨인가 가랑머리인가를 움켜잡은 바로 그 손이었던 것이다. 그리고 바로 그 순간 나는 쏜살같이 계단을 내려가서 현관문을 빠져나가 한길로 도망을 칠 참이었다. 그때 나로서도 이상스럽게 여겨지던 황당무계한 일이 벌어졌던 것이다. 너는 반항을 하거나 소리를 지르지 않고, 전혀 놀라는 기색이 없이 다정스럽게 내 목에 팔을 감으려 했던 것이다. 이렇게 독점을 하려는 듯한 몸짓, 이런 포옹은, 하기야 너무나 성급하게 서두른 것이라서 그렇긴 했지만, 미지근하고 축축한 키스의 맛보다 한결 나를 흥분시켰다.

계단에서 누구인가의 음성과 발소리가 들려오는 통에 난 그 자리에서 뺑소니를 쳤다. 방망이질을 하는 가슴을 안고 골목 안에서 떠들썩하게 노는 아이들 틈으로 도망쳤던 것이다. 그동안 너는 아마도 달아오른 얼굴의 홍조와 가슴의 동요를 증발시키기 위해서였겠지만, 여전히 어두컴컴한 곳에 머물러 서 있었다.

그때 너는 어떤 젊은이라도 마음에 들어하지 않았을 행동을 한 것이었다. 그때부터 나는 너랑 부딪치기를 번번이 회피했다. 네가 이상스럽게 다정하게 팔을 벌려오던 일을 상기하지 않으려고 말이다. 너의 흔적은 내게 있어 타인 속으로 사라져갔다. 그것은 계속해서 떨어지고 있는 눈발 속에 찍은 발자취처럼 사라져간 것이다.

이 첫 키스에 이어 다른 입술과의 키스들이 뒤따랐다. 가슴을 꿰뚫는, 충분히 음미하는 오랜 입맞춤들이—첫 키스에 다정스런 포옹이 동반하지 않았더라면, 그것은 그저 무의미하고 지각 없는 사건으로 흘러가버렸으리라. 나는 이 몸짓에서 자신을 바치고 싶은, 자신을 또 다른 나에게 흡수시키고 싶은 욕망과 의지를 희미하지만 무의식 중에 깨달았던 것이다. 하지만 그것은 그 당시의 내 둔하고 오만한 어린 마음으로는 전혀 낯설고 이해할 수 없는 일이었다.

프랑켄의 처녀들

머루알 같은 눈의 카타리나, 프랑켄의 목조 건물의 창 앞, 아래층에 나 있던 그 창으로 다시 한번 돌아와다오! 옛 기사騎士 교회당의 벽감壁龕에서 올라온 듯한 마돈나 같은 모습의 갈색 머리의 그 모습을 다시 한번 보여다오! 대가들의 손으로 조각된 성자와 천사의 상像이 헤아릴 수 없는 깊고 아름다운 미소를 띠고 있는 기사 예배당에서 온 것 같은 그 모습을.

한창 만개한 라일락과 갓 벌초를 해낸 클로버의 향내 풍기는—그리하여 곱슬머리 펄럭이는 김나지움 학생이 창 앞에서서 프랑켄의 소녀와 속살대며 희롱하던 온화한 5월과 6월의 푸른 밤이며, 다시 한번 돌아와다오!

어느 날 밝은 밤, 소년은 창틀의 부드러운 사암砂岩에다가

'이히 리베 디히'[Ich liebe dich: 독일어로 '나는 당신을 사랑합니다'라는 뜻]라는 말을 에워싸게끔 칼로 하트를 새겼다.

아마 그 말은 세월이 흐르는 동안 하고많은 빗줄기에 씻겨 지워졌거나 창을 닦던 하녀의 비누 걸레로 인해 망쳐졌으리라. 하지만 하트만은 아직도 어느 정도 그 희미한 윤곽을 알아볼 수 있을 것이다. 소년은 그것을 돌 속으로 깊게 깊게 파서 새겨놓았으니까.

하지만 너는 그 낡은 계단을 까맣게 잊었다는 말인가! 그렇듯 빈번히 오르락내리락했던 계단, 심지어는 동요하는 가슴을 달래기 위해서 헤아려보기까지 하지 않았던가…… 둘, 넷, 여섯, 그러고도 더 많은 계단의 디딤판들. 그때 너는 계단이 밟아서 닳을 지경이었다는 것을, 그래서 초록빛 이끼로 뒤덮였다는 것을 깨닫기나 했던가. 그리고 이따금씩 커다란 단풍잎이 한 잎, 마치 하나의 하트처럼 그 위에 얹혀 있던 것을 보았는가—그러고 나면 가느다란 허리의 처녀 로트라우트가 왔다.

그녀는 성 같은 자신의 방에 프랑스 단어 책을, 아니면 짜증스러운 수예거리를 남겨둔 채 온 것이다. 과연 몇 분인가

늦게 가슴을 고동치며 흥분해서 헐떡이면서 그녀는 그곳에 왔다. 하지만 너는 가장 사랑스럽고 섬세한 처녀의 가슴이 너로 인해 그렇듯 격렬하게 고동을 치며, 그렇듯 환희에 차서 너를 향해 달려왔다는 사실에 오만해 있지 않았던가.

아니다, 너는 나무 그늘 드리워진 그 계단을 잊지 않고 있다. 꾀꼬리조차 노래하기를 주저했다는 것을, 로트라우트가 얼마나 신뢰에 차서 수줍어하며 첫 번째의, 그야말로 첫 키스를 하였던가를 너는 지금도 기억하고 있는 것이다.

보라, 이제 스웨덴 시대에서 유래한 엄보掩堡 앞에 놓여 있던 벤치가 기억에 살아서 오는구나! 네 이름이 무엇이었던가, 원, 네 이름이 어떠했던가, 너, 고등학교 1학년짜리와 벤치에 앉아 있던 너는? 그레테, 아니면 마틸데? 어쨌든 간에 너는 정열적이고 멋진 소녀였다. 입맞춤을 충분히 즐기고 아무리 해도 싫증을 느끼지 않았었다. 거기다가 하얀 달빛이 떠오르고 보리수 수관樹冠에서는 진하고 감당키 어려운 꿀의 향내가 내려앉고 있었기 때문에, 그뿐인가, 첫 키스야말로 가장 감미롭고 끝을 모르고 계속되는 것이었기 때문에—그레테인지 마틸데인지는 집으로 갈 것을 까맣게 잊고 있었다.

하지만 난폭하게 흥분한 아버지께서 딸의 밀회 장면을 기습해 들어왔을 때, 1학년짜리는 어떻게 해야 했던가? 마땅히 포근하고, 벅차게 뛰는 사랑의 품에 잠겨야 할 계제에, 사랑하는 처녀가 따귀를 맞고 팔을 잡혀 집으로 끌려가는 장면은 언제라도 조금은 부끄러운 법이다. 그리고 어쩔 줄 모르는 1학년짜리가 이런 말을 한다 한들 무슨 소용이 있었을까.

"추밀 고문관님, 저는 당신의 딸을 사랑합니다. 그레테와 결혼할 것을 맹세하겠습니다."

"새파란 애송이야." 추밀 고문관께서는 식식거렸다. "썩 꺼져라, 너의 잘난 라틴어 학교에나 가버려라!"

새파란 애송이—아무튼 너는 행복한 한스〔무엇에든 만족하는 사람, 동화 속의 인물〕요, 동화 속의 왕자였다. 그 후에도 또다시 너는 숲 속에 누워 그 소녀를 안았었지. 그녀는 부리를 가진 새처럼 입술을 반쯤 촉촉히 벌리고 너의 사랑의 밀어에 가슴이 마냥 부풀어서 너의 키스를 벅차게 기다리고 있었다.

그렇다, 따스하고 부드러운 것, 행복 앞에서 팽만해지는 것. 비단 같은 살결, 강물과 태양의 냄새 나는 비단 같은 머리결을 가진 존재. 너의 품을 요람 삼아 잠재웠던 이 사랑스러운 존재는 네가 가진 모든 것이었다. 너, 파란 애송이, 너, 첫사랑의 왕국의 무관無冠, 무적無敵의 제왕이여, 언제이고 네

비록 초라한 모습으로, 바지 주머니에 손을 찌르고 입으로 휘파람을 불어가며 빈털터리로, 아니 그야말로 한 푼의 돈도 없이 배회했을지라도 너는 풍족했었다. 무한히 풍족하지 않았던가!

제2부

1912년
김나지움 학생들

학교 강당으로부터 두 번째의 종소리가 해안에 이어 있는 공터로 울려왔다.

요하네스는 내 팔을 움켜잡고 옆으로 끌어당겼다.

"저것 좀 봐. 저기 해적선이 온다! 이제 곧 슈퇴르테베커가 해골바가지 깃발을 감아 올릴 거야!"

그러면서 그는 보랏빛 아지랑이처럼 하늘과 바다가 잇닿아 있는 아득한 수평선을 가리켰다.

너는 몽상가로구나라고 나는 생각했다. 눈에 번쩍 불을 켜면서 그는 잔뜩 들떠 있었다. 실제로 해적선을 바라다본 듯이 보였다. 내 시야에는 바다와 몇 개의 구름덩이만이 들어왔을 뿐인데. 오로지 끝도 없는 바다만을 나는 보고 있었다.

그의 영혼 속에 무엇이 광란하고 있는가를 나는 어렴풋이 느끼고 있었다. 그는 야성적인 체질이지만 공포감과 교육이 그것을 억제하고 묶어두고 있다는 것을 나는 알고 있었다. 이따금 그 기질이 사슬을 툭 끊고 터져 나올 때면 그는 우리를 옆으로 밀치고는 암석으로 뛰어올라가 고함을 쳤다.

"정말이지 나는 허풍선이가 아니야. 내 말은 몽땅 사실이란 말야. 나는 해적의 자손이란다. 우리 조상 중에 톰이라는 할아버지는 한자 동맹원[Hansa : 13~15세기 북독일 연안의 도시와 발트해 연안 도시 간에 이뤄진 도시 동맹]에 의해 배의 활대에다 목을 매어 돌아가셨어. 그 할아버지는 거부의 상선商船을 스물세 척이나 약탈하고 연기로 날려보냈거든. 게다가 말리잔데 왕녀의 지참금까지 강탈했었대. 부인을 열넷씩이나 거느렸는데 그 중에는 엘리자베트 테르 메르라는 폴란드 태생의 여자가 있었고, 둘째는 엠스비텔 태생의 류데 무스였어. 그중의 제일 미인은 말리잔데 왕녀였대. 그 왕녀의 부친은 네덜란드 소유의 인도 원시림을 갖고 있었어. 왕녀는 은빛처럼 희고 연둣빛 무화과처럼 조그만 젖가슴을 갖고 있었지."

그때 학교 탑 꼭대기에서 세 번째의 종소리가 날카롭게 울려왔다. 석반石盤의 처마로부터 그곳에 깃을 치고 낡은 계단

근처 오크 대들보 위에 앉아 있던 비둘기와 갈매기 떼들이 후두둑 날아갔다. 계단으로 나 있는 첫 번째 창은 포도주 빛의 빨간 유리로 되어 있었고, 둘째 창은 초록빛, 셋째 창은 물빛의 창이었다. 이 물빛 창 앞 처마 위에는 모든 선생과 학생의 애완물인 까만 얼룩이 진 앙증스러운 갈매기가 하얗게 요물妖物처럼 앉아 있었다.

그때 다시 요하네스가 내게 말을 했다.

"내 말 좀 들어봐. 저것은 새가 아니다. 동물이 아니냐. 갈매기라고 할 수가 없어. 저것은 우울의 상징이고 날개를 붙이고 있는 상복일 따름이야. 밤이 되어 살그머니 저곳에 기어올라가 보렴. 그때라면 너도 저 새의 참모습을 알게 될 거다. 그것도 만월이 떠 있는 열사흘날을 택하면 좋겠지. 너도 알겠지만 달이 차갈 때에는 모든 유기체도 변천을 한단다. 고리는 끊어지고 불가시不可視의 것이 보이게 되고 꿈은 윤곽과 얼굴을 드러내게 되는 거지. 그러니까 그때 가서 보면 이 갈매기 미미도 날쌘 부리로 던져준 빵 부스러기나 공중에서 날름 받아 먹으며, 울 줄도 모르고 웅크리고 앉아 무엇을 노리거나 하는 그런 새가 아니란다.

바다와 모래 언덕 위를 날다가 어렵꾼이나 순찰꾼에게 잡혀 주둥이를 날개 밑에 박은 채 이리로 오게 된 그런 새가 아닌 거야. 미미는 좀 다른 습관을 드러낸다. 그때 너는 그 새의 지나간, 그리고 다가올 각기 다른 일곱 가지의 생활권을 보게 되는 거야. 어린이와 비, 불꽃과 수정암, 순찰대와 피리와 유령을. 친구야, 갈매기는 비밀을 지니고 있단다, 부엉이나 올빼미, 까마귀보다 훨씬 많은!"

요하네스와 나는 학교의 정문을 들어섰다. 그것은 가운데에 주교의 석장錫杖과 자신의 가슴에서 간을 쪼아내는 펠리컨의 문장紋章이 달려 있는 대담하고 웅장한 문이었다. 그것은 학교로 들어가는 문이 아니었다. 파렴치와 악덕의 비밀, 그리고 무서운 잔학의 성城으로 통하는 입구였다. 그 안에서 과거의 인간들이 고문을 당하고 번민하고 사랑하고 황금을 만들어내던 곳, 반감을 불러일으키는 어느 거대한 성의 입구였던 것이다. 학교 연대기에서 우리는 이곳이 옛날에 빈번히 공략을 당하고 포위되고 화재를 입고 짓밟히던 어느 성이 있던 자리라는 것을 알게 되었었다.

선생님들은 다섯 번씩 좌우로 방향을 바꿔 꺾어져 올라가는 계단이 보이는, 건물의 둥근 계단부에 서 계셨다. 흡사 여우의 대가리처럼 반지르르한 붉은 머리의 비두빌트 역사 선생님이 가운데 서 계셨고, 프랑스어를 가르치는 루카센 선생님은 시계를 만지작거리며 연방 시간을 보고 계셨다. 분명코 그 선생님은 일요일이면 같이 함부르크의 밧줄 만드는 곳으로 동반하던 극장의 무희 랄리를 애타게 그리워하며 생각하고 있었으리라.

어느 날인가의 저녁, 나는 랄리가 어떤 외등 밑에서 그 선생님이랑 함께 있는 것을 보았다. 그녀가 초록빛 가죽지갑을 열더니 손가락만 한 병을 번쩍이며 꺼내어, 자신과 남자에게 향수 같은 것을 뿌리는 모습을 자세히 구경했던 것이다. 그들은 한동안 들떠서 내가 알아들을 수 없는 이야기를 속삭이더니 나무 밑으로 사라졌었다.

루카센 선생님은 심란할 수밖에 없었으리라. 나는 오늘 그것을 이해한다. 이마에 주름을 잡고 침울한 모습을 한, 수학을 가르치는 레스 선생님이 그 옆에 서 계셨다. 그 선생님은 검은빛의 날카로운 눈을 가지고 대각선과 각角의 비밀을 간파해내어서 나로서는 차갑고 위압적인 물건일 뿐인 그것들을 감탄해 마지않았다. 그 대신 시詩 같은 것은 조금도 인정하려 들지 않았다. 언젠가 냉소를 흘리며 내게 정면으로 그런 말씀을 하셨던 것이다.

요하네스와 나는 지금 막 첫 번째 계단을 올라서는 학생의 무리를 향해 걸어갔다. 그는 밀치듯이 내게 바싹 붙어서는 계속해서 묘한 이야기를 속삭이려 들었다. 하지만 그러는 대신 날카로운, 거의 광적인 비명이 그의 입에서 튀어나왔다. 나는 소스라치게 놀랐다. 바로 그 순간 새 한 마리가 계단부로부터 선생님이 서 계시는 앞쪽 돌바닥 위로 철썩 부딪히며 떨어졌고, 연이어 엷은 빛의 몸뚱이가 새의 시체를 쫓아 쩔그렁 굴러떨어지더니 좀 떨어져 튀면서 어느 학생의 발을 맞혔다.

모든 학생과 선생님들이 어안이 벙벙해 있는 침묵을 가르며 요하네스의 음성이 퍼졌다. 그는 그것이 폴란드의 갈매기, 해적의 갈매기이며, 영물靈物 같은 갈매기, 성스러운 갈매기 미미라고 고함을 질렀다.

나는 떨어져 있는 미미를 보았다. 목 윗부분이 무섭게 강타를 당해 대가리가 목에서 거의 너덜너덜 떨어져 있었다. 핏방울이 깃 사이로 샘솟듯 뿜어 나와 바닥의 돌의 이음새로 배어 들어갔다. 어쩌면 그 돌바닥 밑에서 뼈대가 삭아버렸을지 모르는 숱한 순교자와 피압제자, 포로와 강제 노동자의 보이지 않는 피가 있는 곳으로.

만신창이가 된 새를 향해 제일 먼저 달려든 것은 요하네스였다.

"죽었구나!" 그는 쉰 소리로 말했다.

"누구야?" 비두빌트 선생님의 위협적인 음성이 터져 나왔다.

한 무리의 학생들이 그 선생님을 쫓아 쏜살같이 계단을 올라갔고 요하네스와 나는 새 옆에 서 있었다. 손님으로서 당연히 환대받아야 할 성스럽고 전통적인 권리를 누리지 못하고 처참하게 맞아 죽어간 미미의 옆에.

"오그라든 이 발톱을 좀 봐!" 요하네스가 말했다. "이것은 고문당한 어느 성자聖者의 손이 아닐까?"

내가 본 것은 다만 대담무쌍하고 잔인한 일장의 난폭한 행동이었을 뿐이었다. 실상 나는 그 학생들과 선생들이 한결같이 사랑하고 귀여워해 마지않는 새를 치명적으로 때려죽이고, 살해한 연장까지 뒤이어 던진 그 철면피함을 감탄해야 할지 어떨지 종잡을 수가 없었던 것이다. 하지만 내 가슴은 죽음을 당한 짐승 곁으로 끌려갔다.

그 갈매기는 아침마다 내가 심중에 아름다운 시詩를 안고 계단을 올라갈 때 그곳에 앉아 있었다. 점심 때마다 수학 과목에 대한 가책으로 고개를 떨구고 비트적거리며 지나갈 때 그 새는 그곳에 앉아 있었다. 또한 저녁 때마다 음악 시간이 끝나고 선생님의 바이올린 연주를 듣고 잔뜩 가슴이 부푼 채 집으로 갈 때면, 그 새는 그곳 처마 위에 앉아 있었던 것이다.

"요하네스." 나는 말했다. "넌 엉터리 속임수를 말했어! 갈매기가 영물이라면 우리가 보는 앞에서 피로부터 일어나 왕녀의 모습으로 화해서, 물빛의 긴 옷자락으로 우리 모두를 감싸주었을 것 아니니. 얘, 요하네스야, 그 새가 만일 영원히 시들지 않는 늪의 백합을 가져왔다면 도깨비 같은 요술반지를 내게 가져다줄 수도 있지 않았겠니. 그래서 내가 그 반지를 끼고는 모든 창문을, 모든 이의 마음과 이마를, 그리고 구름과 산지를 온통 꿰뚫어 볼 수 있었을 게 아니냐!"

하지만 그 새는 죽어 있었다. 눈에는 죽음의 입김이 쏘여 있었고 잿빛 눈꺼풀이 미끄러져 흑진주 같은 눈동자를 덮고 있었다. 학교 급사가 삽과 갈퀴를 갖고 와서 갈매기의 안쓰러운 발을 높이 쳐들고는 호도나무 있는 정원으로 가져갔다. 우리는 그가 뗏장을 떠내는 모습을 창으로 내다보았다. 갈퀴가 몇 번 쩔그럭 돌에 부딪히는 소리를 내더니 묘혈墓穴은 완성되었다. 갈매기 미미는 몇 가닥의 두터운 뿌리 사이에 안장되었다.

요하네스가 소곤거렸다. "미미는 다시 살아올 거야. 정말 이야! 일곱 밤과 낮만 지나고 나면, 그 새는 환하게 빛을 내며 땅에서 살아나와 살해한 범인을 처벌할 거야. 범인의 이마에는 커다란 붉은 사마귀가 나타날 거야."

나는 걸상에 앉아서 이렇듯 무의미하게 새가 살해된 이유를 곰곰이 생각해보았다. 내 앞에는 요하네스가 엎드려 있었고 옆에는 여학생 레나테 반 알트가 책을 펼쳐놓고 바라보고 있었다. 이 살생의 원인은 잔인과 쾌감, 아니면 질투에 있다는 데까지 생각이 미쳤을 때 레나테가 나를 쿡 찔렀다. 그녀의 눈과 바라보는 시선으로 봐서 무엇인가 알고 있고 고백을 하려 한다는 것을 느낄 수 있었다.

그래서 소곤소곤 물었다. "너는 그것이 누구였는지 아니?"

"알고 있어. 하지만 말하지 마!"

"갈매기가 떨어지는 모양, 멋있었지?"

그녀는 계속해서 말했다. "아, 그것은 화려하게 날갯짓을 치면서 좁고 긴 어두운 골짜기를 가르며 떨어졌었어. 초록빛 창을 지날 때는 눈깜짝할 동안 풀빛으로, 빨간 창 유리의 조명을 번개처럼 통과할 때는 거대한 핏방울처럼 보였어. 나는 그것이 떨어지는 소리를 들었어. 가느다란 단말마의 비명도. 지금껏 어떠한 비명이나 음악 소리도 그렇게 기분 좋게 내 가슴 깊이까지 파고든 적이 없었어…….”

나는 긴장해서 그녀를 똑바로 쳐다보았다.

그녀는 말을 계속했다. “새 한 마리를 그렇게 사랑과 신비로 휩싸버릴 수 있다니 우스꽝스러워. 너희들은 이 시시한 날짐승의 눈에서 마술과 우수憂愁와 꿈과 모험을 보았었지. 하지만 나는 그놈의 대가리를 쳤던 거야. 그 안에는 한 줌의 잿빛 뇌수腦髓와 빨간 핏방울밖에 든 것이 없더군. 나한테 감사를 해라. 너희들의 가증스러운 표상表象을 때려치운 것을. 아니 그보다 내 용기를 감탄해주려무나. 선생님 코앞에서 너희들의 성유물을 박살을 낸 것을!”

나는 여전히 입을 다물고 있었다. 소름이 끼쳐왔다.

“결단코” 잠시 뒤에 그녀는 계속 소곤댔다.

“나는 그 행동이 나를 그렇게 놀라게 하고 사로잡는 결과를 가져오리라고는 미처 생각지 못했던 거야. 나는 가까스로 계단에서 빠져나왔어. 발에는 지독히 고통스러운 무기력이 무겁게 걸려 있었지. 나는 종탑에 숨었다가는 탑 계단을 넘어 정원으로 달려가 너희들 틈에 섞였어. 간간이 손거울을 들고 들여다봤어. 내 얼굴은 금방 파랗게 질렸다가는, 어느덧 수건처럼 새하얘지곤 했어……. 우리에겐 구속이라는 것이 있지. 그것은 일종의…… 난 온 힘으로 때렸던 거야. 때리기 전, 갈매기는 앉아 있던 곳에서 조금 날아올랐어. 아마도 자신에게 빵을 던져줄 거라고 믿었던 모양이야.

그런데 한 대의 충격이 호기심으로 쳐든 갈매기의 대가리에 명중했고 하얗게 내뻗은 모가지를 잘라버렸지. 난 몸뚱이를 놓치지 않으려고 했었는데 손이 맥없이 벌어지고 말았어…….

'맞혀라, 갈매기야.' 나는 뒤에 대고 소곤대었어. '어느 학생의 얼굴에 정통으로 떨어져서 피세례를 주려무나!' 이것은 멋있는 일이었을까? 어이없는 일이었을까? 나는 깊은 쾌감과 급격히 몰려오는 거센 공포감을 동시에 음미했어. 지금까지도 내 피는 흥분해서 박동하고 있는가 하면 심장은 방망이질치며 괴로움에 멎을 것 같아…….

왜 내가 그런 행동을 했을까? 우리는 이따금, 자신의 내면의 긴장상태를 위해 무엇이든 행동을 하지 않으면 안 되는 걸까? 어떤 무의미한 행동, 이해할 수 없는 행동, 미치광이 같은 행동을? 이 억제할 수 없는 힘에 맞설 수 있는 것이 무엇일까? 언제나 하찮은 것, 엉터리 같은 것, 어린애 장난 같은 것뿐이었어…….

나는 그렇게 가하는 일격으로써 너희 모두를 맞히려고 했어. 너희들 긴장해 있는 고집 센 소년들의 얼굴, 금발이 흘러내린 너희들의 목덜미를, 여름으로 그을린 너희들의 등덜미를…… 온통 명중시키고 때리고 상처를 입히고 싶었어. 모두를 저주하고 싶었어. 모두의 얼굴에 핏자국을 그려주고 싶었던 거야! 특히 너를 겨누어! 자, 기분이 내키면 가렴, 그리고 나를 폭로하렴!"

나는 그녀를 폭로하지 않았다.

사랑의 아득함

너는 이미 네가 아니다. 두 낮이 지나는 동안 너는 변신變身을 했다. 두 밤이 지나는 동안 너는 전혀 타인이 되어버렸다.

그녀를 처음 알게 되었을 때, 너는 그것을 이미 예감하고 있었던가? 아니, 너는 그것을 알 수가 없었다. 그것은 그야말로 전격적으로 닥쳐온 일이었다. 아마도 그렇게 될 수밖에 없었던 모양이다.

분명코 그것은 필연적으로 일어난 일이었다. 빠져나갈 다른 길이란 없었다.

목요일 저녁, 나는 '그리'와 마지막으로 이야기를 나누었다. 그녀가 전화를 걸어온 것은 늦은 저녁이었다. 그녀의 음성은 지치고 쓸쓸하게 울려왔다. (전화선을 타고 울려오는 모든 음성은 약간 쓸쓸히 들린다. 공간의 아득함이 주는 공허감 때문이다. 현실감이 없기 때문이다.)

그녀는 많은 말을 하지 않았다. 그저 일상적인 이야기들, 내가 어떻게 지내느냐는 것, 나의 생각을 했다는 것 (아, 나야말로 그녀가 생각해줄 만한 가치가 없는 존재인데), 이제 곧 집으로 가게 되리라는 것, 지금이 여섯 시 반인데, 아직 중요한 편지를 하나 써 치워야 하고 그것만 끝나면 퇴근을 하게 된다는 것 등의 얘기였다. 그리고 그녀의 어머니가 여행 중이신데 다음 주일에야 돌아오시리라는 것이었다.

그녀는 또 왜 자기에게 전화를 걸어주지 않았느냐고 물었다. 내가 약속을 했었다는 것이다. 나는 그녀가 전화를 걸어줄 것을 알고 있었기 때문에 그만두었다고 말했다.

그리고 나는 저녁 데이트에 초대를 했다. 실상 그것은 별로 내키지 않는 일이었다. 도대체 그날 밤, 나는 혼자 있고 싶었다. 여자를 만날 기분은 도저히 아니었다. 나는 미국의 풍토에 관한 어느 강연회에 가려고 했었다. 그리고 또 어느 젊은 극작가와 레스토랑에서 약속이 있었다.

그런데도 불구하고 나는 그녀를 초대한 것이었다. 참으로 이해할 수 없는 마음의 상태였다. 나는 내가 그것을 원하는지 아닌지 판가름할 수가 없었다. 하지만 그녀에게는 집에까지 바래다주지 못할 것이라고 미리 말해버렸다.

그녀는 아마도 오게 될 것이라고, 강연회가 그녀에게도 흥미가 있다고 대답했다. 그리고 나의 집에 다시 한번 오고 싶다고 (우리는 겨우 이틀 전에 같이 있었는데), 하지만 여덟 시 십 분 전까지 오지 않으면 기다리지 말라고 말했다.

나는 또 한 번 말했다. 꼭 와야 돼!

밤이 되었다. 차갑게 빗방울이 떨어지기 시작했는데도 나는 바깥에서 기다리고 있었다. 여덟 시 십 분 전이었다. 오 분 전이 되었다. 삼 분 전, 이 분 전, 그리고 여덟 시를 쳤다. 그런데도 나는 서둘러서 뒤늦게 오고 있는 어떤 사람을 마지막으로 바라보았다. 여덟 시 삼 분에 나는 탈의실로 갔다.

그녀는 오지 않았다. 비 때문이겠지, 라고 나는 생각했다. 나 없이 집으로 돌아갈 일, 사무실에서의 늦은 퇴근, 이 모든 것이 그녀의 기분을 우울하게 했으리라. 어쨌든 그 밤은 살을 에는 기분 나쁜 밤이었다. 지루하기 짝이 없는 극작가와 거리를 걸어갈 때 그칠 줄 모르고 비가 내리쳤다. 그 극작가는 이 도시에 온 지 며칠 되지를 않아서 지름길을 모르고 있었기 때문에 내가 그를 집에까지 바래다주었다.

금요일이 되었다. 아침 열한 시에 나는 비로소 다시금 그녀를 생각했다. 그것도 눈 깜짝할 동안 거의 냉담하게 떠올린 것이었다.

그녀에 대한 나의 기분이 명백한 듯이 여겨졌다. 그녀는 나의 흥미를 끄는 처녀도, 그렇다고 유난히 정열적인 존재도 아니었다. 그녀는 자신의 심장과 핏속에 들끓는 동경과 원망願望에 대해 이따금 전형적으로 소시민적인 의견을 피력해 왔다. 그러면서도 그녀 자신 우습게 여기는 것을, 외경畏敬의 염念까지 불어넣어서 확고한 파장波長과 근거를 갖고 변호를 했다. 그녀는 정열적이었다. 그러면서도 그녀가 살아야 할 당위當爲의 인생은 정열의 행사를 허용치 않는다는 것까지 알고 있었다. 그녀는 그 용적을 개관할 수 없는 삶에 대해 불안해하고 있었다. 나는 그녀가 자신을 위해 필연적으로 세워 놓은 그녀의 이론적인 관점을 경멸하고 있었다고 믿고 있다. 하지만 그녀는 경련적으로 그것에 매달렸다. 바로 그 관점에 의해 그녀는 부지扶持되고 있기 때문이었다. 이 점이야말로 내가 그녀를 인정했던 점이다.

낮 열두 시, 전화가 울렸다. 내게 온 것이었다. 나는 그녀일 것이라고 생각을 했고, 그러자 기쁨이 솟아올랐다. 하지만 그것은 다만 친구 콘스탄틴에게서 온 전화였다.

나는 좀 쓸쓸한 기분이었고 분명코 낙심을 했었던 것 같다. 이상스러운 일이었다. 도대체 이 스무 살짜리 처녀한테 큰 애착도 없으면서, 그녀가 전화를 걸어오느냐 아니냐에 흥미를 느끼고 있었던 것이다. 다만 '내 편에서는' 그녀에게 전화를 하지 '않으리라는 것', 그것만은 분명히 알고 있었다. 나는 기다릴 수 있었고 그럴 작정이었다. 한편으로는 그녀가 보고 싶으면서도, 또 다른 한편으로는 그녀의 전화가 금방 오지는 말기를, 그래서 내 팽팽한 기대감이 엉클어지지 않기를 나는 바랐었다.

나를 설레게 한 것은 그리움이었을까? 그것은 오히려 허영이고, 쾌감이며, 유희였다고 나는 생각한다. 그것은 순전히 무자비하고 불운한 돈 주앙 같은 자의 마음의 동기動機였다고 생각하는 것이다.

오전이 흘러갔다. 두 시에 나는 카페에 가 앉아서 두 시 반까지 기다렸다. 내 일상생활의 습관의 몇 가지를 알고 있는 그녀는 두 시에서 두 시 반까지 카페로 전화를 자주 걸었던 것이다. 전화는 걸려오지 않았다.

저녁 때면 전화를 걸어오겠지. 나는 생각을 했었다. 하지만 그런 일은 일어나지 않았다. 그렇다고 나는 쓸쓸하지도 화가 나지도 않았다. 미소를 흘리기까지 했다. 재미가 있었다. 무슨 특별난 일을 염두에 두고 있겠지. 그래서 전화를 걸지 않는 거겠지라고 생각했다. (그녀는 툭하면—자신의 소시민적인 평소의 견해에 모순되게—특별나고 신기로운 것에 대한 애착과 감탄의 염念을 강조했다.) 나는 그녀가 전화 거는 일을 망설이고 있다고, 그래서 팽팽한 기대감과 신경의 격앙된 상태를 조장하고 있는 것이라고 생각했던 것이다.

그렇지만 밤에 극장에 갔을 때 나는 다시금 약간 쓸쓸해졌다. 극장 구경을 할 때 그녀를 자주 동반했던 것이다. 그녀 옆에 바싹 붙어 앉아 그녀를 건드리는 일은 대단히 좋았었다. 그녀가 손수건을 꺼내느라 핸드백을 열 때면 아주 은은하고 섬세한 장미 향내가 풍겨왔었다. 그 핸드백을 나도 같이 뒤적거릴 수 있었는데. 영화가 재미없으면, 나는 그녀에게 몰두하고 있었다. 그녀의 몸에서는 신선한 풋내가 났다. 나는 그것을 사랑했었다.

토요일이었다. 오늘은 그녀에게서 전화가 올까? 이렇듯 내가 팽팽하게 기대감을 갖고 생각을 한다면, 그녀는 마땅히 전화를 걸어와야 하는 것이다. 그녀는 그럴 것이고 그래야만 하는 것이다. 지금껏 순조로웠는데 오늘은 어쩔 수가 없다. 야릇한 일이다. 나는 전혀 생소한 것, 불가사의한 힘을 느낀다. 전화가 있는 곳으로 자꾸만 신경이 쏠린다. 수화기를 들고 18240을 돌려보고 싶다. 두 개의 반대되는 의지가 대치對峙하고 있는 것을 나는 느낀다. 그것은 보이지 않는, 형태가 없는 투쟁이다. 아무리 그녀가 다정하고 헌신적인 사랑의 모든 감미로움을 약속해준다 해도 나는 전화를 걸지 않으리라.

나는 기다린다.

몇 시간이 흐르도록 시시각각 기다린다.

감히 방에서 나갈 엄두도 나지 않는다. 다른 곳에 가 있는 동안 그녀의 전화가 올지도 모르는 것이다.

느닷없이 전화통 앞에 앉아 있는 친구가 나를 불렀다.

"파니아토슈 씨. 당신 전화요!"

그녀로구나, 내 가슴은 환호성을 지른다. 그녀가 아닐지도 모른다. 내 가슴은 갈피를 잡지 못한다.

아니었다. 그녀가 아니었다. 그것은 새로 나온 책 이름을 물어본 어떤 사람이었다. 나는 당황했다. 불쾌할 지경의 맥 빠진 무력감이 팔다리로 흐른다. 펄썩 주저앉아 읽고 있던 잡지를 다시 집는다. 읽을 수가 없다. 모든 글자가 몽롱하게 눈앞에 아물거린다. 검은 점들이 휙휙 떠오르더니 정신없이 난무하는 것이다.

이것이 웬일인가? 이것은 어찌 된 일인가? 그녀는 전화를 걸지 않는다. 알 수 없는 일이다. 나는 이해할 수가 없다.

돌연 나의 감정이 휙 전복을 한다. 완전한 냉담이 나를 엄습한다. 그녀야 그러고 싶으면 그러라지? 어쨌거나 나는 전화를 걸지 않을 것이다. 침묵을 지킬 것이다. 전화를 걸지도 편지를 쓰지도 않으리라. 그리움이 몰려오면 곧잘 그런 적도 있었지만, 이제 다시는 그녀의 집 앞을 지나가지도 않으리라고 나는 생각한다.

아니, 나는 그럴 수가 없다. 분명코 그녀 역시 번민에 빠져 있을 것이다. 너무 오만하기 때문에 내게 전화를 걸지 않는 것이다. (그럴 의무가 있는데도 말이다. 내가 기다리는 동안 오지를 않았으니까.) 그녀는 (그녀 자신 그렇게 믿고 있듯이) 자신의 품위를 떨어뜨리고 싶지 않은 것이다.

그녀의 흉중에는 어떠한 느낌들이 도사리고 있을까. 아아,

그녀는 눈물을 흘릴 것이다. 울 테면 울렴. 나는 양보하지 않을 것이다. 나는 기다릴 것이다. 무자비할 정도로 기다리리라.

나는 밤이 늦을 때까지 기다린다.

아무 일도 없다.

밤늦게 카라가 전화를 걸어왔다. 나는 결코 그녀를 사랑하고 있지 않다. 이따금 미워하고 대체로는 나와 상관이 없다. 암담한 감정에 못 이겨 나는 그녀와 연극 구경을 약속한다. 어떻게 해야 할까? 극장에서도 나는 두 막幕을 배겨내지 못한다. 연극의 줄거리는 비참한 이야기다. 배우의 연기도 나를 짜증스럽게 한다.

둘째 막 끝부분에 가서 우리는 나와버린다. 밤은 몹시 차갑고 강변으로부터 에는 듯한 바람이 몰아쳐온다. 우리는 거리를 벗어나서 공원 쪽으로 간다. 우리는 그저 그런 얘기를 나눈다. 내 귀에는 아무런 이야기도 들려오지 않는다. 가슴이 둔하게 찢어드는 듯 아프다. 나는 더없이 의기가 소침해 있다. 집으로 가고 싶다. 음악이 들리는 곳으로 되돌아가고 싶다. 옆에서 끊임없이 재잘대는 카라 역시 신경을 건드린다. 말할 수 없이 쓸쓸한 기분이다.

우리는 나뭇잎 사이를 살랑대며 스치고 걸어간다. 공원의 뒤쪽은 바람이 잠들어 있다. 몸이 확 달아오더니, 돌연 뜨거운 열병 같은 파도가 내 전신으로 질주해온다.

이렇듯 억누를 수 없는 피의 수수께끼를 누가 설명할 수 있단 말인가? 나는 카라를 끌어안고 키스를 한다. 두 번 그리고 더, 영원히.

우리는 벤치 위에 몸을 맡긴다.

꼭 취한 것 같다. 무엇인가가 나로 하여금 지껄이게 하고 열광적인 애무를 하게끔 충동하고 있다. 뜨거운 욕망 속에서 나는 카라에게 키스를 퍼부었다. 그녀의 입에, 손에, 이마에, 비단결같이 부드러운 머리칼로 뒤덮인 그녀의 목덜미에 성급한 키스의 씨앗을 뿌리는 것이다.

하지만 돌연 나는 얼굴을 돌리고 차갑게 말했다.

"갑시다!"

일요일이 되었다. 우편물 중에서 내게 온 편지는 없다. 그녀의 집으로 가볼까, 나는 한참 생각한다. 가지 않았다.

점심을 먹고 카페로 가서 나는 한 통의 전화를 기다린다. 하지만 갑자기, 그녀가 전화를 걸지 않으리라는 예감이 몰려와서 미리 나와버린다. 나는 오후 내내 그녀를 생각했다. 집에 머물며 일부러 초대에도 늑장을 부리고 있었다. 그녀는 오지 않는다.

연방 나는 창가로 가서 쓸쓸하고 생기 잃은 거리를 내려다본다. 걷잡을 수 없는 충동이 나를 그렇게 몰고 있는 것이다. 그것은 격동하는 심장의 혼란이다. 달리 어쩔 도리가 없다. 하지만 나는 애꿎은 사람들, 모래 더미에 올라앉아 노는 어린애들만 구경했을 따름이다.

이윽고 나는 초저녁의 소음 속을 걸어 빠져나왔다.

다음 날 아침—월요일이다—사무실에 들어서자마자 전화벨이 울린다. 같이 일하는 동료 파비안 씨가 전화를 받는다—내가 그것을 알고 있었느냐고요? 아닙니다. 아무것도 모릅니다. 어떻게 알 수가 있겠습니까?

그리 양孃이 토요일 밤에 저세상으로 갔다는군요. 열 시와 열한 시 사이에. 더 자세한 것은 모릅니다. 하지만 재미가 있더군요…….

같은 방에 앉아 있던 그 동료가 나중에 들려준 이야기에 의하면 나는 핏기를 잃고 정신 나간 얼굴로 한참 동안을 말없이 그대로 앉아 있었다는 것이다.

나는 모친의 부탁으로 썼다는 그녀 언니의 편지를 받았다.

그 애는 토요일 밤에 끊임없이 당신의 이름을 불렀습니다. 끊임없이 영원히…….

끊임없이 영원히 내 이름을 불렀다는 것이다!

나는 그날 밤 무엇을 했던가? 키스를 했었다. 끊임없이 영원히…… 다른 여자와. 그녀는 끊임없이 영원히 나를 부르고 있는 동안에…….

이제사 나를 깨닫고 있다. 나는 사랑을 할 자격이 없다는 것을—얼어붙고 굳어버린 나의 심장으로 말미암아 나는 지금 전신에 차가운 전율을 느끼고 있는 것이다.

라일락 숲에서의 입맞춤

라일락이 그때의 그 밤처럼 꽃향기를 물씬 풍기며 유혹하듯이 다시 만발해 있군요. 그 어느 때보다도 달콤하게 가슴을 설레게 하며 피어 있는 꽃을 보노라니, 더욱이 호박琥珀으로 된 공처럼 바닷빛 하늘에 둥실 달이 떠올라 있는 것을 보노라니, 숱한 상념들이 몰려옵니다. 그것은 즐거운 추억이랄 수는 없을 것입니다. 어두운 빛깔의 우수憂愁와 젊음의 치기稚氣 어린 여운을 지니고 있는 추억일 뿐입니다.

"어머니." 어느 날 저녁 나는 어머니에게 말을 했지요. "좀 나가보겠어요."

"그래, 나가보렴. 하지만 너무 늦지는 말아야 한다." 어머님이 대답을 하셨습니다.

어머니는 열린 창가에 앉아 계셨습니다. 내가 사랑해 마지않던 화려한 창이었지요. 그것은 매일처럼 아득히 사라져가는 숲의 푸른 경계를 꿈을 꾸듯 내다보던 창이었고 타는 듯한 설렘으로 잠 못 이루는 밤, 귀 기울여 들을 때마다 영원히 몽롱하게 스치는 살랑거림을 들려 보내주던 창이었습니다.

어머니가 사시던 집은 사방이 이미 경작지로 둘러싸인 길가에 자리 잡고 있었는데, 이 길에서부터 새들의 천국인 과수원 언덕이 뻗어나기 시작하고 있었지요.

살구나무가 집의 벽 곁에 자라고 있었지요. 이 나무는 아름다운 황금빛 열매를 주렁주렁 열게 하는, 풍상을 겪은 고목古木으로서 햇빛 반짝이는 여름 아침이면 빛나는 깃털을 세운 참새 떼들이 소란스레 지저귀며 놀이를 벌이는 터전이기도 했습니다.

집의 뒤쪽 벽으로는 복숭아나무가 자라고 있었지요. 그 누구의 발길도 가지 않고, 은은한 방향芳香으로만 가득 찬 커다란 정원이 이 벽에서 이어져 있었던 것입니다.

어머니가 살던 집은 이웃집이 없어서 거칠 것 없이 해바라기를 하며 서 있었습니다. 이 집의 다른 양쪽 벽면으로는 멋대로 무성한 가지를 치고 있는 라일락 숲과 깊은 재스민 숲이 이어져 있었습니다. 그래서 나무와 정원과 숲에 꽃들이 만발해오면 집의 주변은 묘한 공기에 휩싸이게 되었지요. 그럴 때면 이 집에 사는 일이 차라리 괴로운 일이었습니다. 꿀과 같이 짙은 꽃의 숨결이 불가항력의 마취처럼 창을 통해 들어오기 때문이었지요. 그것은 문을 통해서도 들어왔습니다. 그리하여 온 집 안을 격렬한 선정적인 분위기로 휘몰아쳐놓는 것이었습니다. 나는 그때 마흔이 넘으셨던 어머님이 몰래 우시곤 하던 것을 알고 있었습니다. 이 감당할 수 없는 뜨거운 향기는 우리의 핏속에다 우수와 알 수 없는 그리움을 불질렀던 것입니다.

아래층, 일층에 당신의 늙으신 부친께서 살고 계셨지요. 그라치엘라. 나는 당신과 이따금씩 창에서 창으로 웃음의 인사를 주고받았지요, 그라치엘라. 당신은 위를 보고 나는 아래를 보고. 아, 그것은 젊은 피에서 솟아나는 웃음, 치기만만하게 유혹을 하는, 구애求愛를 하는 웃음이었습니다.

그날 저녁 계단을, 가볍게 삐걱대던 바로 그 나무 계단을 내려갔을 때, 당신은 그곳 열려 있는 문 곁에 서 있었습니다.

어느덧 어스름해진 저녁빛 속에서 정원은 푸른빛을 띠고 있었고 별이 하나둘 모습을 나타내기 시작하여 밤을 예고하고 있었습니다. 어느 바위 밑에선가 귀뚜라미가 기를 쓰고 울고 있었지요.

희미한 어스름 빛이 무성한 나무에 에워싸인 잠들어가는 집들 위로 내리고 있었습니다.

나는 "안녕, 그라치엘라" 하고 약간 숨을 가빠하며 말을 했지요. 음성은 조그맣게 안으로 기어들며 잦아버렸습니다.

당신은 내게 마주 인사를 하고 산보를 하러 가는 길이냐고 물었습니다.

"네." 나는 말했지요. "풀밭길을 따라 걷고 싶군요. 당신도 같이 가시겠습니까? 그라치엘라."

그러고는 아무 말도 안 했지요. 이 말을 겨우 하고는 막혀버렸던 것입니다. 내가 그렇게 좋아하던 깊고 따스한 눈길을 담은 당신의 얼굴에는 사랑스러운 홍조가 떠올랐습니다. 사실 그날 밤까지 나는 당신에게 사랑을 고백한 적이 없었지요. 다만 정원의 달콤한 향기가 걷잡을 수 없이 짙어갈 때, 숱하게 잠을 잃었던 그런 밤에나 혼잣말로 소곤대었을 뿐이었습니다. 괴롭고 아픈 도깨비불처럼 나의 꿈과 상상을 통해서만 그 고백을 비추어 보았을 뿐입니다. 당신이 갑작스럽고 감당할 수 없는 힘으로 내 가슴을 사로잡지만 않았더라면,

그리하여 그렇듯 떨리는 뜨거운 말 한마디를 내 핏줄 속으로 던져주지 않았더라면, 나는 영원히 당신에게 고백의 말을 하지 않았을 것입니다.

결코 당신은 나를 그렇게 몰아넣지 말았어야 했던 것입니다. 분별없는 그라치엘라. 결단코, 정원에 라일락꽃이 피어 요원燎原의 불길처럼 타오르며, 주변의 공기를 취하는 포도주로 변하게 하는, 그런 뜨거운 계절에는 더욱이 그래서는 안 되었던 것입니다.

그것은 오랫동안 당신을 불행하게, 그리고 나를 쓸쓸하게 만들었던 것입니다. 그리고 숱한 세월이 흐른 지금까지도 꽃핀 라일락을 배경으로 한 그 정원을 지날 때면, 불현듯 그 기억을 떠올리게 되는 것입니다.

우리는 끝없이 그곳, 열려 있는 문 앞에 서 있었지요. 황혼이 내리기 시작했습니다. 우리는 그냥 서 있었지요. 밤이 다가오기 시작했지요. 그래도 우리는 그대로 서 있었습니다. 그러고는 불가항력의 마력魔力에 끌리듯이 서로 가까이 다가섰지요.

조그만 도시의 교회 탑에서 열 시를 알리는 소리가 들려왔습니다. 어머님이 부엌에서 부지런히 움직이는 소리가 들리는 듯했습니다. 그릇이 간간이 쩔그럭대는 소리. 창문이 닫히는 소리. 문이 닫히는 소리.

그러고 나서 집 안은 정적에 싸였습니다. 그것은 바닥을 헤아릴 수 없는 정적이었습니다. 알아들을 수 없는 어떤 음성이, 그러면서도 지칠 줄 모르며 유혹하는 음성이 있는 정적이었습니다.

그라치엘라의 머리칼 위로 이따금 바람이 스쳐갔습니다. 기분 좋은 상쾌한 바람. 그것은 정원 위로 부동하는 비로드 같은 구름, 달콤한 향기의 구름을 싣고 왔습니다.

돌연 사방이 짙은 암청색으로 화했습니다. 완전히 밤이 덮인 것입니다. 근처의 집들에서 몇 개의 창문의 등불이 켜 있었습니다. 사람들은 잠자리로 가고 있었지요.

여전히 저편에서는 가느다란 어린애의 음성이 들려왔습니다. 그것은 당신이 말했듯이 재봉사 보첌의 아이였지요.

아이들 몇이서 손수레를 끌고 거리를 내려왔습니다.

그때 당신이 말했지요. "저건 장의 집 아이들이잖아요?"

"그렇군요." 나는 대답했습니다. "그 집 아이들이군요……."

"오늘 저는 혼자예요." 불쑥 당신이 약간 들뜬 음성으로 재빨리 말했습니다.

번개의 뜨거운 접촉처럼 그것은 내게 정통으로 들어맞았습니다. 나는 당신이 무엇을 말했는가를 알아차렸던 것입니다. 마비시키듯 격렬한 물결이 나를 엄습해왔습니다. 내 가슴은 당신도 느낄 만큼 고동을 치고 있었지요. 그러고 나서 나는 당신의 손이 어느덧 옷 위로 내 가슴을 건드리는 것을 느꼈습니다.

그때 나는 당신의 얼굴을 잡기 위해 숙이지 않을 수 없었지요. 나는 거의 그럴 지경에 이르러 있었던 것입니다.

언덕 위로는 달이 솟기 시작하고 있었지요. 그것을 바라보던 나는 그래서는 안 되는 행동을, 하지만 당신을 만나는 꿈속에서는 언제나 하던 행동을 실제로 옮기고야 말았던 것입니다.

키스를 하는 사이에 우리는 주저앉아버렸지요. 당신은 계단에 반쯤 누워버리고, 나는 무릎을 꿇은 채 당신을 향해 웅크리고 있었습니다.

"정원으로 나가요!"

"그럽시다." 나는 말했습니다. "저 아래로 갑시다. 거긴 어둡고 가려져 있어서 좋아요. 라일락 숲 속, 이끼 덮인 낡은 벤치에 가서 앉읍시다……."

향기를 힘껏 내뿜으며 우리를 설레게 하는 입김이 있는 꽃, 밤의 정열적인 불꽃, 발화發火와 정열의 상징인 라일락꽃이 우리를 덮고 있는 곳에서, 우리는 그것의 만개한 아름다움을 즐기지는 못했지만, 그것을 마시고 취하면서 그 신비스러운 열정을 피부로 느끼고 있었습니다.

달 그늘에 숨어든 언덕은 푸르스름한 어둠 속에 묻혀 있었지요. 방파제 위로 시냇물이 리듬에 맞춰 넘쳐흐르는 소리가 들려오고 있었고, 보이지 않던 아득한 별빛 하나가 나뭇가지 사이로 번쩍 불티를 일으켰습니다. 정적이란 때로는 깊고 우울한 것이었지요.

"그라치엘라." 나는 말했습니다. "당신은 나를 사랑하는 건가요?"

참 치기 어린 질문이었지요. 내 입 위에서 불타던 입맞춤에서 나는 그것을 벌써 알고 있었는데 말입니다.

"그래요. 난 당신을 사랑해요. 오래전부터 당신을 사랑해 왔어요. 당신을 만난 처음 그 순간부터, 어머니 집에 머무르려고 당신이 트렁크를 들고 계단을 올라가던 그 순간부터 나는 당신을 사랑했어요."

"라일락 향기가 얼마나 좋은지 모르겠군요." 나는 잠시 뒤에 말했습니다. "온 밤을 감미롭게 하는군요. 당신의 방에서도 라일락 향기가 느껴지나요?"

"그래요." 그라치엘라는 말했습니다. "느껴져와요. 어떤 밤 몽롱한 잠결 속에서 꽃향기에 반쯤 마취되는 것이 얼마나 좋은지 모르겠어요. 때로는 울지 않을 수가 없어요. 그것은 참을 수 없는 그리움을 일깨워주거든요. 가슴의 밀실密室을 너무나 활짝 열어젖히고 말아요."

나는 그라치엘라의 눈을 바라보았습니다. 그것은 두 개의 별빛처럼 반짝이며 나를 마주 바라보고 있었습니다. 또 나는 꽃다운 나이의 소녀처럼 뜨겁게 달아오르는 그녀의 얼굴을 바라보았습니다. 나는 그것을 느꼈고, 그것은 마취의 손길처럼 나의 전신을 사로잡았습니다.

깊은 밤 속으로 열한 시를 치는 소리가 들려왔습니다. 나는 시계가 치는 소리를 헤아리고 있었지요. 그것은 거대한 심장의 고동처럼, 장엄한 음악처럼, 어둡고 몽상적으로 우리가 있는 숲 속으로 들려왔습니다.

"키스를 해주세요. 시계 치는 소리가 날 때마다! 열한 번 키스를 해주세요." 그라치엘라는 소곤대었습니다.

그러고 나서 일어난 일을 나는 다시는 기억 속에서 끄집어내고 싶지 않습니다. 그것은 지글지글 잦아드는 낙인烙印처럼 내 의식 속에 남아 있겠지요. 나는 그 일을 잊을 수는 없을 것입니다. 심장이 환호성을 치는 절정에서 그렇게 처참하고 잔인한 환멸의 구렁텅이로 나 자신 곧장 내동댕이쳐질 수가 없었던 것입니다.

모든 일의 전말을 나는 지금껏 기억하고 있습니다. 언덕으로는 푸르스름한 어두운 밤이 가라앉아 있었고, 나무 위로는 달빛 하얀 밤이 비추고 있었습니다. 우리가 앉아 있는 곳은 온통 그늘이 드리워 있었지요. 다만 우리의 얼굴이 마주하고 있는 곳에만은 달빛의 희미한 조각이 둥글고 커다란 라일락 덤불 사이를 통해 들어와 흩어지고 있었지요.

나를 바라보던 당신의 이글이글한 눈이 얼마나 행복에 충만해 있었는가를 나는 아직도 기억하고 있습니다. 그라치엘라. 당신의 감미롭고 따스한 젖가슴은 한 알의 과일처럼 내 손 안에 놓여 있었고, 우리를 에워싼 주변에는 취할 듯한 라일락 향내가 마취시키는 시럽처럼 끓어오르고 있었지요.

그것은 영원히 행복하게 이어질 것 같은 입맞춤이었습니다. 하지만 그에 이어 무력하고 불쾌한 환멸이 닥쳐왔던 것입니다. 어둠 속으로부터 손 그림자 하나가 몽둥이로 당신을 겨누었습니다. 채찍 같은 충격이 하늬바람을 맞고 있는 당신의 벗어진 목덜미로 철썩 떨어졌지요. 그라치엘라, 당신은 아픔으로 웅크리며 무너져 앉았지요. 당신의 부친과 당신을 억지로 매어두고 사랑하지도 않는 당신의 남편이 우리를 향해 걸어와 내 품에서 당신을 낚아가는 것을 나는 보았습니다. 당신의 남편은 당신에게 '더러운 것'이라고 이를 악물고 말하더니, 패배감과 격분에 차서, 거의 도망치듯 숲을 빠져나갔습니다. 나는 당신이 아버지 손에 붙잡혀, 울며 버티면서 계단을 올라 집으로 사라지는 것을 보고 있었습니다. 세차게 꽝 하고 문이 닫혔지요.

침울하고 쓸쓸하게 나는 벤치에 그냥 앉아 있었지요. 그리고 밤이 끝나지 말기를, 내일 아침은 동이 트지 말기를 염원하고 있었던 것입니다.

밤의 해후

황혼 무렵, 사나이들과 어울려 마인 강 유역 고도시古都市에 있는 그 주막으로 들어섰을 때, 브론자르트는 몇 년 전인가 이곳에 와서 특산 포도주를 마시던 기억이 떠올랐다. 그때까지만 해도 대부분의 주막들은 규모가 작았다. 선반 위에 백동白銅 그릇이 놓여 있고, 판자로 된 벽에 판화가 걸려 있는 쾌적한 살롱의 분위기였다.

그때의 아늑한 방들이 이제는 커다란 휴게실로 변해 있었고, 따스한 느낌을 주는 나무 판자벽과 동판화도 사라지고 없었다. 그 대신 천장으로부터 내려오며, 그리고 벽을 따라서 포도 추수제나 사순절四旬節 때에나 치장해놓는 것 같은 알록달록한 조화造花의 꽃장식이 매달려 있었다.

주막 안에는 술청에 서 있는 보이 한 사람 외에는 아무도 없었다. 들어섰던 사나이들은 이렇게 텅 빈 것이 마음에 안 들었는지 그냥 되돌아가려고 하다가, 한쪽 테이블에 앉아 신문을 읽고 있는 처녀를 발견했다. 사기주전자 하나와 찻잔이 그녀 앞에 놓여 있었다. 처녀는 높이 치켜들고 있던 신문을 내리고 졸린 듯 멍한 시선으로 손님들을 바라보았다.

"몇 년 전에 내가 이곳에 왔을 때." 브론자르트가 말했다. "테이블에 앉아 있는 저 처녀는 머리에 리본을 맨 계집애였지. 그때 그 계집애는 아버지가 경영하는 주막을 찾는 손님들을 하나씩 깜찍한 눈초리로 뜯어보곤 했었네. 이제…… 저 여자의 눈을 좀 보게. 슬프고 달콤한 사랑의 편력을 흠씬 겪은 것 같은 시선을 하고 있군."

사나이들은 마주 보고 앉았다. 처녀는 다시 신문을 얼굴 앞으로 가져갔다. 하지만 이따금 신문 너머로 몰래 흘끗 이쪽을 엿보고 있었다. 찬장에서 무엇을 꺼내 오려고 처녀가 일어섰을 때 사나이들은 그녀의 몸매를 자세히 감상할 수 있었다. 처녀는 불쑥 자라 있었다. 너무나 크다고 할 지경이었다. 뿐만 아니라 눈에 띄게 동작이 부드럽고 율동적이었다. 그만하면 어디서든 시선을 끌 만큼 날씬하고 균형 잡힌 몸매였다.

장난기 어린 얼굴은 영리하고 사랑스러웠지만, 시선의 초점을 알 수 없는 우수憂愁 깃든 검은 눈이 원래의 표정을 밀어내고 아득하고 슬픈 인상으로 전 얼굴을 지배하고 있었다. 내면은 말없이 동정을 갈구하고 있으면서도 그녀는 그것을 아무에게도 드러내놓지 않으려고 애를 썼다. 이런 정신의 와해瓦解 상태를 겉으로 흘리기에는 너무나 자존심이 강했기 때문이었다. 처녀는 접근할 수 없게 쌀쌀맞은 인상을 풍기고 있었다. 다른 테이블에 앉아 있는 사나이들에게도 평소의 이런 인상이 비쳤던 것이다.

"건방지군." 던로프는 깔보듯 이마에 주름을 드러내었다.

"어쨌거나 미인이야." 카란더가 변호를 했다.

"가면假面이야."—그것이 브론자르트의 의견이었다.

그러는 동안 처녀는 다시 나타나서 아까 앉았던 바로 그 자리, 아늑하고 안전하게 보이는 어스름 조명 속으로 들어가 앉았다. 술이 거나해지자 세 사나이들의 거동이 활달해지고 음성이 높아졌다. 그래서 음악에 관해 화제가 돌아가고 서로 대립된 의견으로 논쟁을 벌이게 되었다. 그 무렵부터 처녀는 스스럼없이 화제에 귀를 기울이고 있었고 브론자르트에게도 그것이 느껴져왔다.

그녀는 무슨 목적이 있는지 의향이 있는지 할 듯 말 듯 망설이면서 미처 그것을 실천할 용기가 안 나는 듯이 보였다. 처녀의 눈초리는 구석으로부터 번득이면서 심히 불안정하게 쏘아보고 있었다. 그녀는 화제에 끼어들고 싶은 것이었을까? 브론자르트나 카란더한테 관심을 갖고 있어서, 남자가 그 관심을 알아주기를 희망한 것이었을까? 그렇다면 그 시선은 누구를 향한 것이었을까?

그 시선은 질주하듯 속공速攻으로 쏘아진 화살처럼 마주보는 어떠한 시선도 꿰뚫고 지나가 아득히 어떤 미지未知의 것을 겨누고 있었다.

언젠가 이곳에 어떤 자가 들어와 미혹스런 외관과 거짓의 미사여구로 처녀의 마음을 사로잡아 기쁨과 사랑으로 잔뜩 부풀려 채워놓고는 탁 내동댕이쳐 지치게 만든 것이 아니었을까.

다시금 처녀는 몸을 일으켰다. 그런데 이번에는 사나이들의 테이블 쪽으로 걸어오고 있었다. 이제 그녀의 시선은 다시금 졸리운 듯 눈꺼풀이 눈동자를 덮으며 내려와 있었다. 이제 아무도 그녀의 시선이 자기를 향해 있다고 자부할 만한 근거가 없었지만 처녀로 하여금 일어서게 한 원인이 그들에게 있다는 것은 모두가 느낄 수 있었다.

시골이나 조그만 도시의 주막의 시설이 일반적으로 그렇듯이, 그들이 앉은 테이블 옆쪽으로는 곁방으로 통하는 문이 나 있었다. 처녀가 사라지고 얼마 안 있어 어두운 방으로부터 쇼팽의 녹턴의 감미로운 선율이 흘러나오기 시작했다. 브론자르트 외 다른 두 사나이들은 귀를 기울였다. 서로 관심을 표명하지는 않았지만, 그 피아노의 흐름이 무엇을 뜻하는가를 그들은 알고 있었다. 처녀의 마음과 동경憧憬이 음악이 되어 흘러나오고 있었다. 그 선율은 좀 이른 시각부터 마인 강변의 풍경을 덮으며 가라앉아 있는 가을의 황혼과 그럴듯하게 어울렸다. 연주는 결코 일품은 아니었지만 감동적으로 가슴을 파고들며 깊은 의미를 풍기고 있었다. 그것은 사랑의 괴로움을 아는 한 고독한 영혼의 연주였기 때문이었다.

사나이들은 한동안 피아노 선율에 귀를 기울이다가는 더 이상 지체할 수 없었기 때문에 보이를 불러 계산을 하고 외투를 입었다. 처녀가 피아노를 치고 있는 곁방으로 통하여 문은 열려 있었다. 던로프가 그곳을 바싹 스쳐 지나갔다. 그리고 카란더가 뒤따랐다. 브론자르트는 한동안 머무적거리다가 방 안쪽을 넘겨다보았다.

하지만 피아노도 처녀의 모습도 보이지 않고, 다만 가로등의 노란 불빛만이 커다란 창문을 통해 그가 있는 곳에까지 아물아물 비쳐 들어왔다. 피아노의 선율은 공기를 타고 은은히 흘러오고 있었다. 어둠 속의 흐느낌, 바로 그것처럼 브론자르트에게는 느껴져왔다. 그러자 그도 친구들을 따라 정문으로 나갔다. 하지만 바깥의 테라스에서 그는 또 한 번 망설이다가 커다란 창 앞으로 다가섰다. 그 창은 외견상으로는 더운 여름날 열어젖혀놓은 창이었지만 실제로는 테라스로 통하는 출구를 이루는 문이었다. 브론자르트는 창 앞으로 다가서서 아무런 커튼도 가려져 있지 않은 창 유리에 얼굴을 바싹 대고 방 안을 들여다보았다.

이제 처녀의 모습이 보였다. 그녀는 창 쪽으로 등을 돌리고 피아노 앞에 앉아 있었다. 하지만 손님 중의 누구인가 창 앞에 다가서서 방 안을 정찰하는 기척을 느낀 모양이었다. 피아노 소리가 한층 격하고 거의 열정적으로 고조되었던 것이다. 온통 뜨겁고 거센 절규가 건반에서부터 춤추듯 흘러나왔고, 창백한 손가락은 암흑과 심연의 절벽 위에서 춤추는 불안한 나비처럼 가로등에서 비쳐오는 빛의 줄기 속에서 아물거렸다. 앉아 있는 처녀의 자태는 전체가 신비스런 감동으로 경련을 일으키고 있는 것이었다.

브론자르트는 깊은 생각을 해보지도 않고 창문의 손잡이를 눌렀다. 문은 쉽게 열렸다. 그는 방 안으로 들어서서 살금살금 발끝으로 처녀를 향해 다가섰다. 뒤에서 몰래 다가오는 발자국의 기척을 짐짓 모르는 체, 처녀는 등을 돌리고 완전히 연주에 몰입해 있었다. 브론자르트는 바로 처녀 뒤에 바싹 붙어서게 되자, 감당할 수 없는 감동에 사로잡혀 그녀의 머리칼에 손을 얹었다. 연주자는 몸을 돌리지도 않고 연주를 멈추지도 않고, 물론 조금은 나지막이 주저주저하면서 멜로디를 이어가고 있었다.

처녀가 조금도 움직이는 기색이 없자, 브론자르트는 몸을 구부려 피아노 치는 손을 털어버리고, 고개를 숙여 머리칼에 키스를 하려고 했다. 하지만 그러는 대신에 그는 아무런 저항도 하지 않는 머리를 가볍게 뒤로 돌려 촉촉히 반짝이는 입술에 키스를 했다. 처녀는 눈을 내리깔았고, 그녀의 손은 너무나 무겁고 지친 듯이 홀연히 연주를 멈추었다. 처녀의 입은 달아오르는 황홀경 속에서 다른 이의 입에, 미지의 타인의 입에 내맡겨져 있었다. 브론자르트는 이토록 아름답고 따스한 입술의 행복스런 무아경을 열락悅樂 속에서 음미했던 것이다.

"아—아니에요—안 돼요." 처녀가 느닷없이 더듬거리며 건반 위로 손가락을 버티었다. 커다란 불협화음이 꽝 터져 나왔다.

브론자르트는 처녀가 벌떡 일어나 도망을 치리라, 그렇게 기대했다. 하지만 처녀는 연주를 계속하는 것이 아닌가. 실상 흥분한 나머지 처음에는 몇 번 틀린 음을 짚었지만, 그녀는 어느덧 흥분 상태를 극복하고 있었다. 그녀의 연주는 물론 좀 더 달콤하고 부드럽게, 처음과 다름없는 한 가닥의 슬픔을 유지하고 있었다. 그러면서도 대담한 결단을 내려 자신에게 다가와 입맞춤까지 한 브론자르트를 돌아다보지도 않는 것이었다.

브론자르트는 감히 또다시 연주를 방해하며 처녀의 머리 위로 고개를 숙일 용기가 나지 않았다. 그래서 살금살금 발끝으로 다시금 테라스 문을 빠져나와 소리 안 나게 뒤로 문을 닫았다.

그 지방의 다른 주막에서의 일이었다. 그곳을 가려면 여름날이면 어망魚網과 박하, 습기의 냄새가 나는 강 쪽으로 통하는 좁은 골목길을 지나가야만 했다. 휴게실에는 어머니와 딸이 뜨개질에 몰두하고 앉아 있었다.

브론자르트가 자리에 앉았을 때 주막집 딸은 그의 테이블로 다가와 앉아 무엇을 들겠느냐고 물었다. 그녀의 갈색 눈동자는 다정하면서도 대담하게 반짝이고 있었다. 하지만 자신 있는 듯한 행동에는 역시 당황하고 수줍어하는 섬세한 매력이 어울려 있었다.

그녀는 낭만주의 화가들의 소재素材가 되곤 하던, 사랑스럽고 다정한 처녀의 얼굴에 끌려 학생들이 포도주를 마시러 와 춤과 노래로 숱한 저녁과 밤을 지새우게 하던, 그런 주막집 딸에 비길 만큼 아름다웠다.

브론자르트와 딸이 여러 가지 실없는 일상적인 화제를 끌어가는 동안 처녀는 이제 자기가 가려고 하는 영화 구경에 대해 얘기를 했다.

"어떤 영화가 상영되는데?"

"뤼만이 나오는 영화예요!"

"뤼만이 네가 좋아하는 배우냐, 아니면 네가 좋아하는 타입이냐?"

처녀는 아니라고 대답한다. 일주일에 두 번밖에 영화가 상영되지 않기 때문에 선택의 여지없이 여하튼 영화를 보러 간다는 것이었다. 그녀가 좋아하는 타입의 영화배우는 칼 루드비히 딜이라고 했다.

그러니까 우아하고 진지하며 날카로운 인상의 남자를 처녀는 좋아하는 모양이었다. 서투르게 교활한 익살꾼은 아니었다. 이를테면 신뢰감을 불러일으켜주며, 무엇이든 할 수 있고 분별 있고 자신에 차 있는, 단정한 차림의 사나이—이것이 마인 강변의 열아홉 처녀의 가슴이 동경하는 이상理想의 사나이였다.

이러한 얘기를 하고 얼마 안 있어, 한 단골손님이 저녁 식사를 하러 주막에 들어서더니 어머니와 딸이 앉아 있는 테이블에 자리를 잡았다. 하는 거동으로 보아 그는 매일처럼 이곳에 온다는 것을 짐작할 수 있었다. 아마 서른다섯쯤 되었을까. 작달막한 키에 뚱뚱한, 나이에 비해 너무나 뒤룩뒤룩한 사나이. 거의 우스꽝스런 인상을 주는 사나이였다. 심지어 얼굴까지도 둥그렇게 살이 찐 데다 정력적으로 붉게 상기되어 있었고, 둥그런 푸른 눈은 유쾌하고 만족스럽게 이리저리 휘둘러보고 있었다. 아무리 뜯어보아도 우아한 인상은 아니었고 앉음새로 보나 외관으로 보나 옷차림도 결점투성이였다.

사나이는 면도조차 하지 않은 얼굴이었다. 아침에도, 아니 하루 종일 그것을 할 시간이 없는 모양이었다. 사나이는 웃을 때마다 앉은 자리에서 조금씩 펄쩍펄쩍 뛰기 때문에 뚝뚝 끊어지는 너털웃음이 되어 나오고 있었다. 그야말로 야릇하게 들리는 웃음이었다.

음식과 맥주 한 잔이 그 사나이에게로 날라져왔다. 게걸스럽게 먹어대면서 사나이는 같은 테이블에 앉아 있는 처녀와 희희덕거리고 있었다. 대체로 이런 추파와 희롱을 어머니는 흐뭇한 듯 바라보고 있었다. 아마도 이렇듯 접근해온 사나이가 그 위치나 수입으로 봐서 사윗감으로 꽤 쓸모 있고 바람직한 모양이었다.

그는 맥주로 젖은, 아니면 무엇을 씹어대는 입으로 처녀의 예쁜 뺨에 수없이 접근했고 그때마다 처녀는 당황한 듯 브론자르트를 곁눈질하며 야비스런 공격을 피했다. 하지만 어머니의 점잖은 권고로 이 악의 없는 애무와 희롱도 결국 저지되고 말았다.

환대를 받는 이 단골 사나이의 저녁 식사가 끝났고, 처녀는 접시와 수저를 들고 홀을 나갔다. 잠시 후에 돌아왔을 때, 그녀는 극장 구경을 하러 가려고 정장을 한 차림새였다. 단골 사나이가 일어섰고, 처녀는 다시 한번 브론자르트를 건너다보고 끄덕 인사를 했다. 그리고 그들은 홀을 나섰다. 젊고 날씬한 왕녀와 뒤룩뒤룩 살찐 어릿광대는.

브론자르트는 생각을 했다. 아, 저런 처녀들의 마음속에는 얼마만 한 비극이 벌어지는 것일까?—불과 두세 해가 지나기도 전에 저 애인은 남편이 되어, 분명코 자기 만족에 빠져 떼굴떼굴 걸어다니는 둥그런 공이 되어 있을 것이다.

그리고 어떤 점을 봐도, 그녀가 동경하고 상상하던 남성상像의 정반대의 모습으로 되어 있을 것이다.

몽블랑 봉 위의 로켓

쿠르마죄르에 있는 '엥엘天使' 호텔의 손님들이 식당의 테이블에 자리를 잡고 앉았을 때, 이탈리아 청년 마르케제 에르네스토 델 카레토는 들고 있던 잔을 똑똑 두드렸다. 그리고 모든 이의 시선이 자기를 향하고 웅성거리는 소음과 나이프와 포크의 덜그럭거림이 잦아들자 몸을 일으켰다.

"신사 숙녀 여러분, 식사 중에 여러분을 감히 방해해서 대단히 죄송합니다. 저는 여러분들에게 도움을 청하려 합니다. 세계 역사상 유례없는 등반과 정상頂上 정복으로 기록될 하나의 계획이 실현되느냐 못 되느냐 하는 것이 여러분의 도움에 달려 있습니다. 여러분께서 우리를 도와주시면 이 알프스 산지에서 정복을 못 한 산정이 하나 줄어들게 되는 것입니다. 지금 여러분께서는 몽블랑의 산봉우리군群 중에서 아직 도 정복되지 못한 4,000마일〔약 6,437km〕 높이의 에귀유 뒤 제앙〔거인의 바늘〕의 신비스러운 정상을 보고 계십니다. 이 무시무시하게 뾰족 나온 두 개의 바위의 이빨은 지금껏 정복을 도전해온 모든 계획을 번번이 좌절시키고 불가능으로 밀어붙였습니다. 얼음으로 뒤덮인 이 처녀봉은 이제는 과학과 기술의 힘을 빌려 극복되어야 할 줄 압니다. 인간의 맨주먹과 맨발만으로는 그 틈이 없이 깎아지른 산의 벽을 도저히 정복할 수가 없는 것입니다. 하지만 지칠 줄 모르는 인간의 정신은 다른 수단을 고안해내었습니다. 이 수단 앞에서는 무시무시한 산도 맞설 수가 없을 것입니다. 경애해 마지않는 신사 숙녀 여러분, 그것에 관해 더 자세한 설명을 하기 전에 저는 먼저 이 아이디어의 개발자인 주세퍼 필립피 씨를 소개해드리고자 합니다."

손님들의 갈채 속에 갈색의 머리를 짧게 깎은 다른 이탈리아인이 일어나 다정한 미소를 띠며 사방을 향해 고개를 숙여 인사를 했다. 그는 의지가 강하고 야심만만한, 끈기 있는 인상의 사나이였다.

마르케제는 필립피를 가리키며 얘기를 계속했다.

"에귀유와 같이 접근할 수 없는 정상을 로켓으로 정복하고자 하는 제의는 순전히 필립피 씨의 힘을 입고 있는 것입니다. 그의 권고와 충고, 경제적인 뒷받침을 받아서 투린 출신의 카발리네 베르티네 씨가 한 가지 장비를 만들어내는 데 성공했습니다. 그것은 무거운 등반용 자일을 아득히 100미터 높이까지 쏘아올려, 정확한 방향의 표적을 고정시키는 것을 가능케 하는 장비인 것입니다. 이 기술의 걸작이 이곳 쿠르마죄르에 도착해 있습니다만……."

"브라보, 브라보, 구경 좀 합시다. 구경 좀 합시다."

손님 중의 몇 사람이 발언자에게 소리를 쳤다.

"잠깐만 기다려주십시오."

카레토는 호기심 많은 손님들을 진정시켰다.

"이 로켓 장비를 에귀유의 남동쪽 산모퉁이 설원雪原에 설치해놓고, 자일을 산등성이의 사이로 쏘아올려 피라미드의 북서쪽에 떨어뜨려 그곳에 고정시킬 계획입니다. 깎아지른 암벽을 올라가는 데 다른 가능성이란 도저히 없기 때문에 우리는 이 자일에 매달려 올라가려는 것입니다. 하지만 우리가 여기까지 계획을 밀어왔는데." 변사는 웃으면서 한숨을 쉬었다.

"유감스럽게도 우리의 자원이 바닥이 나버렸습니다. 위대한 등산가 중의 한 분은 친절하게도 운반인의 식량을 전부 지원해주시겠다고 밝히고 나섰습니다마는, 그것으로는 아직 충분치가 않습니다. 신사 숙녀 여러분, 그래서 본인은 솔직히 터놓고 여러분에게 말씀을 드리는 것입니다. 저의 말은 산을 사랑하는 모든 인간의 언어입니다. 우리는 인솔자와 운반인의 비용을 지출하는 데 아직도 몇백 프랑이 더 필요합니다. 그것이 여의찮으면 모든 계획은 좌절되거나, 우리가 나머지 액수를 저축해 모을 때까지 연기해야 합니다."

"그것은 좌절되거나 연기되어서는 안 됩니다." 열광적인 청중의 한 사람이 대답을 하면서 테이블 위의 접시 하나 위로 쩔그렁 20프랑짜리 동전을 던졌다.

"지당하신 말씀이죠." 카레토가 웃으면서 감사를 했다. "이 계획은 좌절되어서는 안 됩니다. 저는 여러분들의 열광적인 호응에서 이 계획이 좌절되지 않으리라는 것을 알 수 있습니다." 이 말과 함께 그는 접시를 하나 집어 들고는 얘기를 계속했다. "이렇게 저는 용기를 얻어서, 대단히 송구스럽지만 조그만 갹금醵金을 할까 합니다. 하지만 결단코 여러분들의 성가신 마음을 억지로 거두어들일 생각은 없습니다. 도움을 주시는 분은 곧, 큰 뜻과 높은 의욕, 영웅적인 한순간을 위해 도와주시는 것임을 알아주십시오."

그러고 나서 마르케제는 각 테이블로 옮겨다녔다. 얼마 안 있어 260프랑이 넘는 돈이 접시 위에 쌓였다. 호텔의 주인도 이 갹금에 참여했고, 그 지방의 법률고문 오토즈와 지방 서기관 루피에르도 한몫 끼었다. 그들은 이곳 토착민과는 반대로 이 묘한 계획이 널리 소문이 나서 사람들이 몰려와 성황을 이룰 것을 기대하면서 지원을 한 것이었다.

호텔 손님들에게 보여진 장비는 난파자를 구조할 때 쓰는 로켓 모형을 본떠 만들어진 것이었다. 이 로켓은 적어도 무거운 자일을 120미터의 사정거리까지 쏘아올릴 수 있는 비상한 적재력을 갖고 있었다. 투린에서의 발사 실험 때에는 그만한 높이까지 성공을 했었고 그만한 고도의 발사 능력이면 충분했다. 만년설이 쌓인 공원에서 요凹형의 산등성이까지의 높이의 격차는 로켓의 발사 높이를 넘지 않을 것이기 때문이었다.

그 장비는 그저 대포처럼 조준만 하면 되었다. 400미터 길이의 조심스럽게 감긴 자일이 쐐기 모양의 육중한 상자 안에 담긴 채 로켓과 묶여져 있었고, 그 자일의 끝은 2미터 길이의 철색鐵索으로 상자 바닥과 함께 뭉뚱그려져 있었다. 이 철색이야말로 유난히 굵은 삼으로 된 150미터 길이의 다른 자일에 의해, 만년설과 바위 속으로 고정될 것이었다. 묶여진 자일에게 주어진 활동의 여지는 북쪽과 남쪽을 합쳐 계산했기 때문에 깎아지른 암벽 높이의 갑절이 넘는 것이었다.

자일의 강도와 질質에는 특별히 유념을 했다. 이 모험의 성공 여부는 그야말로 이 자일에 달려 있었으니까. 일차적으로 절단 실험을 했고 무거운 중량의 적재 실험도 거쳤다. 자일은 나무랄 데 없이 아무런 결점이 없는 것이었다.

1878년 7월 12일에 에귀유 정복을 위한 특수등반부대가 출발했다. 쿠르마죄르는 큰 축일을 맞은 듯 사방에서 호기심 많은 구경꾼들이 모여들었다. 토착민들과 이방인들 할 것 없이 호텔 앞에 모여들었고 대포를 거느린 등반가들에게 격렬한 치하의 헌사獻辭가 전달되었다. 다만 안내인과 그 지방의 운반인들 중에서 몇 사람은 이렇게 선불리 미리부터 베풀어지는 갈채에 끼어들지를 않았다.

어떤 이들은 이 무시무시한 에귀유 봉峰의 암벽을 순전히 자일의 등반만으로 정복할 수 있으리라고 믿지를 않았고, 어떤 이들은 그것은 믿으면서도 내심으로는 계획이 실패로 돌아가기를 은근히 바라고 있었다. 이를테면 이런 방법의 에귀유 정복이 성공으로 이끌어지는 경우에는 앞으로 아무리 어려운 등반 계획에 있어서도 안내자가 불필요한 존재가 될지 모른다고 그들은 서로 수군거렸던 것이다.

등반대는 이탈리아인 카레토와 필립피, 영국인 웬트워즈 경卿과 그의 부인으로 구성되었다. 웬트워즈 부인은 산악인 사이에서 이름이 알려져 있는 욜라 케이시어 레이너드였다. 안내자로는 라니에르 부자父子와 에밀 레이, 프로멘트, 그리고 L. 리히가 따랐고, 그 뒤로 열두 명의 운반인들에 이끌려 세 마리의 노새가 자일과 로켓, 식량, 그리고 이 방대한 등반 계획에 필요한 갖가지 장비를 싣고 속보로 달렸다.

등반대는 에귀유 뒤 제앙의 어느 산막山幕에서 밤을 지새우며 어떤 순서로 등반을 진행시킬까 하는 문제를 놓고 상의를 했다. 아들 라니에르는 특히 자신의 등반 솜씨를 자랑하면서 자신을 꼭 자일의 선두에 세워주기를 희망했다. 그는 참여를 하느냐 안 하느냐의 문제까지 끌고 나오며 강조해서 자신이 선봉이 될 것을 고집했던 것이다. 좋다. 그러면 그를 선두로 하자. 그다음으로 마르케제가 정해졌고 더 자세한 순서는 현장에서 지명하기로 했다.

7월 13일, 경이의 날이 밝아왔다. 구름 한 점, 바람 한 점 없는 청명한 원경遠景이었지만 13이라는 숫자의 날이었다. 아직 별이 지지 않은 은회색의 다가오는 새벽빛 속을 안내인 레이와 프로멘트는 두 사람의 운반인을 대동하고 에귀유 북쪽으로 전진해갔다.

그들은 凹형의 산봉우리 너머로 발사되어 암벽을 넘어 떨어진 자일을 잡아 안전하게 고정시키는 사명을 맡고 있었다. 따라서 정상頂上 등반은 포기할 수밖에 없었다. 다른 참여자들은 산봉우리의 남동편에 자리한 빙설로 뒤덮인 고원을 향해 강행군을 하고 있었다. 아침 아홉 시, 그들은 만년설로 뒤덮인 고원에 도착했고 열 시에는 암벽 바로 아래쪽 적당한 자리에 장비가 세워졌다.

이제 바야흐로 이날의 모험이 시작된 것이었다. 쿠르마죄르와 샤모니에서 올라온 등반대원들은 기대감과 긴장감에 가슴 졸이며, 등반 사상 새로운 전기轉機를 획劃할 장비 둘레를 에워쌌다.

아무런 틈도, 흉터도 없이 보이는 매끈한 바윗덩이의 첨봉尖峰은 경이의 날을 축복해주듯 점점 짙어가는 푸른 하늘빛 속에서 얼음처럼 냉혹하게 솟아 있었다. 필립피는 포가砲架

위에 첫 로켓을 설치해놓고 방향을 겨누며 잔뜩 흥분해 있었다. 결정적인 방향을 조준해놓자 모든 사람들이 접근해서 한마디씩 의견을 피력했다.

"내 생각에는 이만하면 정확한 방향 같은데." 필립피는 둘레서 있는 사람들에게 말을 했다. "조금만 높이 맞췄으면 좋겠네." 하지만 카레토의 의구심은 누구의 인정도 받지 못한 채 로켓과 포신의 방향은 변함없이 그대로 고수되었다.

"이제 하느님 뜻에 맡기는 거야!" 말없이 있던 영국의 경卿께서 이렇게 말했다. 그 역시 이 순간의 마력에, 현재의 장소와 계획의 모험성에 사로잡혀 있었다. 필립피 자신이 떨리는 손으로 화승火繩에 불을 붙였다. 불꽃이 로켓 근처로 타들어가는 동안 모두가 입을 다물고 엄숙하게 장비의 뒤에 서 있었다. 어떤 이들은 모자를 벗었다. 마치 어떤 성스러운 행사에 참여하고 있는 듯한 인상이었다.

조그만 불꽃이 쉬익 소리를 내더니 발사 폭음이 암벽에 부딪혔다. 굳어버린 듯 서 있던 사람들의 표정이 풀어지며 환호성이 터져나왔다. 로켓은 높이 솟아올랐다. 몇 미터 몇 미터씩 무거운 자일이 위로 굴러 풀어지며 뱀처럼 흔들거리면서 끌려 올라갔다. 하지만 카레토의 말이 맞았다. 모두의 얼굴에는 실망의 빛이 떠올랐다. 쏘아진 로켓은 凹형 산정의 훨씬 아래쪽 암벽에 부딪혀 퍽 튀어오르더니, 자일을 다시 되던진 것이었다. 자일은 철썩 부딪혀서 커다란 고리를 이루더니 왼편으로 굴러떨어졌다. 그러는 동안에도 발사의 메아리는 여전히 산의 영원한 골짜기로 굴러가고 있었다.

자일이 다시 되돌아와 두 번째 발사를 위한 정비가 끝나기까지는 한동안의 시간이 흘렀다. 필립피는 두 번째의 조준도 포기하지 않고 자신이 직접 나섰다. 다만 이번에는 마르케제의 의견을 좇아 포신의 진로를 약간 높이 가파르게 맞춰놓았다. 이번에는 자일이 신기롭게도 규칙적으로 솟아올랐다. 30미터, 50미터, 80미터, 100미터까지 이르러 凹형 산정으로 돌진했다. 하지만 이번에도 필립피는 격분해서 눈바닥에 발을 굴렀다. 왜? 로켓이 산정을 너무 넘어 빗맞아서 왼편 산봉우리의 이빨에 부딪혔다가 튀어올라 두 번째로 뒤돌아 떨어진 것이었다.

이제 필립피는 자신의 손이 행운의 손이 못 된다고 인정했다. 그러고는 선도先導를 카레토에게 넘겨주었다. 그가 세 번째의 로켓 발사 준비를 했다. 다시금 화승火繩에 불이 붙고, 영원한 침묵 속으로 폭음이 터지며 우당탕거리더니 멀어지다가 다시 가까이 오며 수십 겹의 메아리를 치며 아득히 사라져갔다.

에귀유의 반대편에서 에밀 레이와 프로멘트는 거의 수직으로 무섭게 매끈하게 깎아지른 암벽의 정상에다 열심히 시선을 고정시키고 있었다. 레이는 이 첨봉을 사랑하고 있었다. 아무리 용맹무쌍한 자들이 달려들어와도 여전히 정복되지 않은 채 의연히 서 있는 봉우리, 그것은 뾰죽하게 갈아진 선사시대 빙하 작업의 마지막 잔재殘滓이며 와해되어버린 산山이라는 궁전의 마지막 기둥이었던 것이다.

그는 무엇인가를 예감한 것이었을까? 그는 그 첨봉을 이미 알고 있었다. 언젠가 그곳에 도전해보았지만, 낙하하는 암석을 뒤로하며 결국은 피해, 빈 주먹으로 돌아올 수밖에 없었다. 그는 무엇인가를 예감한 것이었을까? 수년의 세월이 흐른 뒤에는 오로지 맨몸으로 그 암벽을 깨어져라 부수게 될 날이 올 것을 예감한 것이었을까? 어쨌거나 오늘 그는 오로지 로켓만을 기다리고 있었다. 그의 소견으로는 결코 품위 있는 정복의 방법이 못 되었지만, 어쨌든 아이젠이나 피켈과는 다른 것이니까, 아마도 로켓의 방법으로는 산이 정복될 수 있을지도 모르리라.

프로멘트 역시 이런 방법의 산정 정복에 대해서는 찬성이 아니었다. 뿐만 아니라, 그는 13이라는 숫자를 믿고 있었다. 아무리 해도 13일은 좋은 것이나 옳은 것을 선사해주는 길일吉日은 못 된다는 느낌을 갖고 있었던 것이다. 레이의 날카로운 시선은 凹형의 산정에 박혀 있었다. 에귀유는 그의 커다란 동경의 대상이었다. 실상 지금껏 숱한 사나이들이 그것이 바다이든, 열대 지대이든, 한 여인이든 아니면 닿을 수 없는 산정이든 간에, 커다란 동경으로 인해 파멸해갔다. 그는 내면에서 들려오는 어떤 목소리를 들었는지도 모른다.

레이, 에귀유 앞에서 너를 지켜라. 레이, 조심을 하라. 하지만 이런 독백을 뇌일 시간이 없었다. 이제 막 발사의 메아리가 암벽으로 굴러가는가 싶더니 어느덧 구불구불 뱀 같은 자일이 달린 로켓이 정상 위로 나타난 것이었다. 정확한 방향이었다. 이번에는 자일이 凹형 산정 사이에 놓이며 북쪽으로 굴러떨어지리라. 그들은 단단히 붙잡기 위해 손에 침을 뱉었다. 하지만 막 정상의 갈라진 틈에 놓이려는 순간, 자일의 뜻을 거역하고 커다란 원을 이루더니 기다란 모가지를 되돌아 던지며 정상에서 사라져버렸다. 물론 레이와 프로멘트의 시야에서도.

13일이라는 숫자가 아주 헛것이 아닌 셈이 되고 말았다. 자일은 로켓 장비의 훨씬 뒤쪽으로 되돌아 떨어졌다. 사나이들은 패배감과 실망감에 완전히 사로잡혔다. 그렇게는 생각을 못 했고 미처 계산에 넣지 않았는데, 암벽은 건드릴 수 없는 타격으로 자일을 과녁으로부터 배척해내는 것이었다.

자일은 다시금 눈 위에 놓여 있었고 다시금 감길 도리밖에 없었다. 그러는 동안에 에귀유의 아득히 높은 거만스런 정상으로부터 포효咆哮하며 휙휙 스치는 굉음이 울려오고 있었다. 바람은 승리의 개가凱歌를 불렀고 에귀유는 인간의 동경 앞에서 한층 접근할 수 없는 먼 곳으로 물러서 있었다. 아무리 해도 자일을 감은 로켓이 정상을 넘는다는 희망은 실현성이 없는 듯이 보였다. 그리고 다섯 발이나 더 쏘아 올려졌는데도 두 발은 미리 터져버려 자일은 아예 펼쳐지지도 않았고 다른 것들은 점점 세게 불어오는 바람으로 인해 방향이 빗나가버렸다.

이렇게 하여 정복의 꿈은 좌절되고 말았고 등반대는 다시금 쿠르마죄르로 내려올 수밖에 없었다. 그리고 1882년의 여름이 다가올 때까지 이 신비스러운 처녀봉은 다시금 영원한 정적 속에 묻혀 있었다. 하지만 극적인 사건으로 용감한 마퀴즈가 이 산정을 정복했으니 그것은 북쪽 정상이었다. 이탈리아인 셀라 형제가 그를 동반했다. 그리고 얼마 안 있어 영국인 그라함을 필두로 파요트와 쿠펠린이 뒤따라 남쪽의 정상도 정복했다.

이렇게 인간의 맨주먹과 맨발이 믿을 수 없는 일을 성취해 낸 것이었다.

간디,
향연에서 일어서다

운명적으로 선출된 인도의 국민회의 의장이며 수백만 인도 민족의 영향력 있는 영도자 간디가 사교에 바탕을 둔 A경卿의 향응饗應에 초대받은 것은, 그가 영국에 온 지 얼마 안 되어서의 일이었다. 표면적으로 간디는 영국과 유럽의 사교계 인물로 행세를 하고 있었지만, 그의 흉중에는 오로지 인도가 불타고 있었다. 사랑하는 어머니의 숭고한 모습과 폭우의 재앙을 받고 폭양에 그을리고 있는 사랑하는 고향 포르단바르, 그리고 고뇌와 굴종을 감수하는 인도 민족이 불타고 있었던 것이다. 간디는 영국의 어느 대학, 법과에 적을 두고 있으면서 그로 인하여 영국 사교계와 인연을 맺게 되었던 것인데…….

그때 그는 열여덟의 젊은 나이로 초대받은 손님의 길다란 열에 끼어 앉아 있었다. 아무리 보아도 아름답다고 할 수 없는 잿빛 얼굴에 빳빳한 스탠드 칼라의 흰빛이 유난히 두드러지는 모습이었다. 그는 조금씩 잔기침을 하고 있었다. 연기와 그을음으로 꽉 찬 축축한 영국의 공기를 그의 목구멍으로서는 견뎌내기 어려웠던 모양이었다. 이렇게 간디는 야릇한 인상을 풍기고 있었다.

참 별난 사람이로군! 그를 보는 대부분의 사람들이 그렇게 생각했다. 커다란 조개처럼 생긴 귀가 얼굴에 쫑긋 매달려 있었다. 그것은 마치 모든 소리와 담화를 수집하여 안으로 끌어들이기 위해 특별 제조된 듯이 보였다. 알고 배우겠다는 탐욕스러운 욕구가 몸 전체에서 눈에 보이도록 배어나오고 있었고, 넓고 딱딱한 광대뼈는 커다란 귀와 독특한 대조를 이루며 끈기와 고집을 보여주고 있었다.

대체로 그는 굳어버린 가면假面처럼 묵묵히 그곳에 앉아 있었다. 겸손한 듯이 보이는 그의 눈에는 폐쇄적이고 꿰뚫을 수 없는 점이 도사리고 있었다. 누가 보아도 저 작자는 대화를 나누러 온 것이 아니고, 오로지 남의 얘기를 듣고 그것을 곰곰 씹어 생각하여 배척하기 위해 이곳에 와 있구나, 하는 느낌을 주는 것이었다.

간디의 머릿속은 심란한 생각으로 가득 차 있었다. 그에게는 어머니의 선량하고 빛나는 얼굴이 선연히 떠올랐다. 그리고 여행을 떠나올 때 간곡히 세 가지 부탁의 말을 들려주던 어머니의 따스한 애정과 깊은 배려를 상기하고 있었다.

첫째로 금주禁酒하라. 술이란 취기를 초래하여 이성을 어둡게 하고 정신의 명징明澄을 탁하게 하느니라. 다음으로 여자를 건드리지 말아라. 서부의 여자란 부처님에 대한 의식과 고귀한 순결의 힘을 네게서 유혹해 앗아가고 너를 멸망의 길로 몰아넣느니라. 셋째로 육식肉食을 하지 말아라. 육식주의는 생명에 대한 죄악이며, 신앙의 모독이니라. 또한 그것은 동물의 살을 한 점도 취하지 않아, 동물의 소성素性을 조금치도 받아들이지 않은 네 조상으로부터 너를 멀게 하는 일이니라.

하인들이 육류肉類 파이가 잔뜩 얹혀지고 하얀 마요네즈가 채워진 접시와 잔의 긴 행렬을 식탁으로 날라왔을 때, 간디는 그런 생각에 빠져 있었다. 그리고 생각을 하는 동안에도 영국인들을 바라보며 시선으로 그들을 촉진觸診하고 있었다. 그는 그들의 내면을 읽으려고 애를 썼고 결국 그들에게서 전형적인 냄새를 맡아내었던 것이다. 그리고 확신을 했다. 한

곁같이 동물로 재생된 육식주의자들이로구나. 그의 영혼 안에서는 끊임없이 어머님의 경고하는 음성이 들려왔다. 아들아, 약속을 하거라. 육식에 접근하지 말아라! 간디는 어떻게 해야 할지 알 수가 없었다. 그 당시 그는 서구적인 것에 상당히 매력을 느끼고 있었지만, 어떤 강력한 계율이 그를 조상과, 그리고 수백 년 묵은 종파에 묶어놓고 있었던 것이다.

그는 스스로에게 물어보았다. 여기 제공되어 있는 음식을 먹어야만 하는 것일까? 그것은 순결한 것일까? 아니면 먹으면 안 되는 것일까? 그것은 불순한 것일까? 나와 있는 대부분의 음식은 그로서는 어떻게 결단을 내려야 할지 알 수 없는 것들뿐이었다. 알겠습니다. 어머니. 간디의 영혼이 말했다. 어머니의 말씀을 좇겠습니다! 저는 인간의 향락욕 때문에 살해된, 내가 사랑하는 동물의 고기를 한 점도 입에 대지 않겠습니다. 동물들 안에 살아 계시는 부처님의 눈을 어겨, 저 자신을 멸망의 구렁텅이로 몰아가지 않겠습니다. 말없이 심려에 잠겨 있던 간디는 바로 그런 생각을 하고 있었던 것이다.

그때 음식을 나르는 하인이 요리 접시를 들고 왔다. 그가 간디를 향해 허리를 약간 굽히며 무엇을 원하느냐고 막 물어보려는 참에 간디는 하인의 팔을 잡아끌고는 귓속말로 물었다.

"이 음식에는 무엇이 들어 있습니까? 동물성으로 된 것입니까? 아니면 식물성으로 된 것입니까?"

하인은 어안이 벙벙해졌다.

"무슨 말씀을 하시는지 알 수가 없군요. 손님, 무엇을 물으십니까? 육류라니요? 채소라니요? 이것은 파이입니다!"

"아아." 간디가 대답했다. "내가 알고 싶은 것은 파이의 성분이 혹시 죽은 동물의 고기가 아닌가 하는 것입니다."

하인은 다시금 놀라 어리둥절했다. 그러고는 유난스러운 귀를 달고 있는 이 바싹 마른 갈색의 인도인을 보고 조롱하는 듯한 미소를 띠었다. 간디는 이 심부름하는 서구인의 불손한 태도를 느끼고 있었다.

"간단명료하게 말씀해보시오. 이 파이 안에 육류가 들어 있습니까?"

아아, 하인은 생각에 잠겼다. 인도에서 온 채식주의자로구나—이자한테 파이가 기름진 닭고기로 채워졌다고 말해줘야겠구나. 파이를 많이 먹어치우지 않는 것이 바람직한 일이니까. 그래야만 접대용으로 충분할 만큼 남을 테니까. 그때 그는 테이블 중앙에 앉아 있던 주인님 A경께서, 자기와 이

야릇한 인도인 사이에 오가는 담화를 주의 깊게 바라보는 것을 깨달았다.

엄격한 순수 혈통의 영국인인 A경께서는 노하고 계셨다—나의 집 식탁에서 손님과 하인 사이에 너무 긴 잡담이 오가는 것은 참을 수 없는 일이다. 그것은 체면이 손상되는 일이다. 영국인이라면 어느 누구도 그런 행동을 하는 일이 없을 것이라고 그는 생각했다. 이렇게 잡담을 길게 끄는 행동이야말로 인종의 문제에서 오는 것이라고 생각하며, 그는 이렇게 확신을 했던 것이다. 저런 유색인종에게 영국인의 집에 손님으로 올 영광을 주었으면, 영락없이 자신의 모자라는 점과 열등함, 무교양을 드러내놓고 만단 말야.

그는 화가 났다. 잡담이 끝이 날 줄 모르는 데다가 간디에게서 멀지 않은 곳에 앉아 있던 A국무장관께서도 지겨운 듯 경멸의 기색을 드러내며 이맛살을 찌푸렸기 때문이었다. A경은 결국 이 인도인의 거동을 그냥 묵과할 수 없다는 데 생각이 미쳤다. 만약 그저 침묵으로 잡담을 간과해버린다면, 무질서하고 사교를 모르는 모임이라고 해서 자신이나 상류사회에서 자기의 집이 차지하는 명예에 크게 손상이 올 것이기 때문이었다.

간디는 여전히 무엇을 묻는 듯한 검은 눈을 못마땅하게 상기上氣한 하인의 얼굴에 고정하고 있었다. 간디는 스스로에게 말했다. 이 유럽인들의 취향을 그대로 받아들인다면 나는 내 어머니와 조상에 대해 파약破約을 하는 것이 되리라. 그것은 또한 나의 종교와 생활태도에도 위배되는 일이다. 나야말로 지금껏 쌀과 수수의 과일로 자라났고, 식물의 아름답고 온순한 덕을 물려받지 않았는가.

그러고는 하인더러 파이를 가지고 더 이상 귀찮게 물어보지 않겠노라고 막 말을 할 참이었다. 그때 그는 좌중의 담화가 갑자기 물을 끼얹은 듯 가라앉는 것을 깨달았다. 그리고 그것은 모욕의 분위기라는 것을 본능적으로 느꼈다. 그때 A경이 그를 소리쳐 불렀다. "간디 씨."—간디는 그에게 몸을 돌렸다. 그러고는 못마땅한 듯 눈썹 사이에 주름을 곤두세우고 대답을 촉구하는 A경의 모습을 보았다.

"하인과 뭘 하시는 겁니까? 뭐 원하시는 게 있습니까? 하인과 당신과의 잡담이 식사 진행과 손님들의 담화에 방해가 된다는 걸 도대체 모르시는군요!"

이렇듯 A경이 전 초대객의 면전에서 들으라고 내려친 채찍에도 불구하고, 간디는 여전히 골똘한 자신의 침잠沈潛의 상태에서 벗어날 줄을 몰랐다. 심지어 그는 다시 한번 포르단바르에 계시는 어머니에게 영국으로의 출발 시에 드렸던 약속을 상기했다. 이런 생각을 하노라니, 그 외에 일체의 일이 하잘것없는 것으로 여겨졌다.

신속하고 정확한 예감 능력을 갖고 그는 불현듯 영국인의 세계관과 자신, 곧 인도인의 세계관 사이의 깊고 넓은 단애斷崖를 보았던 것이다. 그리고 그것을 즉각 정치적으로 정형화해내었다. 대영제국이 식민지와 투쟁하고 있다는 것을. 곧 주인이 피착취인과 백색인이 유색인과 투쟁하고 있다는 것을.

남의 불행에 쾌감을 느끼는 적대감 어린 무리로 뒤바뀌어 갈 여지도 없이, 식탁의 손님들은 입을 다물고 굳어버렸다. 괴로운 침묵이 식당 안에 도사리고 있었고, 하인들까지도 바닥에 뿌리가 박힌 듯 꼼짝 않고 서 있었다.

"대답해보시지요, 간디 씨." 영국인은 날카롭게 쇳소리를 내며 물었다. "뭘 하시는 겁니까. 무엇을 원하시는 겁니까?"

작으면서도 건장한 간디는 자신에게 결정을 재촉해오는 것을 느꼈다. 그래서 그는 침잠의 세계로부터, 순수하고 경건한 추억의 영상으로부터 벗어나 냉혹하고 적의에 찬 현실로 되돌아온 것이었다.

"써(Sir), 제게는 육식이 금지되어 있기 때문에 이 파이 안에."—그리고 간디는 접시를 가리켰다. "육류가 들어 있는지 여부를 알고 싶었습니다."

식탁에 둘러앉은 쟁쟁한 손님들, 외교관과 변호사, 은행지배인과 장성급, 그리고 사업가들은 미소를 흘렸다. 그 따위 고루하고 하찮은 견해를 가지고, 영국의 사교계를 어지럽히다니, 그야말로 치졸한 일이라고 생각이 들었던 것이다. 어떤 자가 다른 사람에게 머리를 조아리고 의견을 주고받았다.

"지나치군요. 사내답지 못한 거지요. 교육이 그릇된 겁니다. 자제력이 모자라는 것이지요!"

이 영국인들의 오만 앞에서—과민하게 깨어 있는 그의 영혼은 그것을 직감했다—간디는 우스꽝스런 괴짜로, 사교계의 백치로 화해버렸다. 여기 앉아 있는 인물들 중에 그 누가 앞으로 그와 교우를 맺으려 하겠는가. 그 누가 공석 상에서 그를 다시 만나려 하겠는가? A경은 이런 전반적인 심리의 동향을 손님들의 멸시하듯 차가운 얼굴에서 느낄 수 있었다. 그래서 자신이 이 의견을 모든 손님 앞에서 피력하려 한 것이었다.

"간디 씨." A경은 날카롭게 응수했다. "좌중에 계신 모든 손님들도 같은 의견이겠습니다마는, 제 생각에는 당신의 유난스런 청을 마음대로 고집하시는 것은 신사로서의 자격이 없는 것입니다!"

간디는 눈썹 하나 끄떡하지 않았다. 그는 감히 그 정도의 모욕 따위로는 범할 수 없는 화석으로 굳어버린 불상佛像처럼 보였다. 다른 모든 이들은 마땅히 그가 모욕을 당한 것으로 인정했을는지 모르지만, 그 자신만은 승리자로, 침해당하지 않은 자로, 초월자로 군림해 있었던 것이다.

그는 식탁에서 일어서서 마음 밑바닥까지 명백하고 의연한 태도로 식당을 떠났다. 그의 눈에서는 용기와 믿음과 확신의 빛이 배어 나오고 있었다. 그는 한마디 말도 없이, 머리는 조금치의 동요도 없이 떠났다. 이 인도인의 꿰뚫을 수 없는 표정 앞에서 높으신 어른들과 하인의 얼굴에서 비웃는 듯한 냉소가 얼어붙어버렸고, 경멸의 수군거림도 갑자기 잦아들고 말았다.

눈에 보이지는 않지만 느낄 수 있는 그 무엇, 상처를 입힐 수도 없고 굴복시킬 수도 없는 그 무엇이 간디와 함께 사라져 나갔다. 수백만의 가치가 있는 것, 어렴풋하면서도 굳센 무엇이 그를 뒤따라간 것이다—곧 눈에 보이지 않는 전 인도 민족이 영국인의 만찬 식탁을 떠나간 것이었다.

우트레히트의 거미

거미들이, 응당 끝장나게 되어 있는 전쟁을 다시 타오르게 하는 계기를 만들어주었고, 그 결과로 25년의 징역살이를 할 사나이를 7년 만에 형기를 마치게 한, 그런 경우란 두 번 다시 있을 수 없는 일일 것이다. 그 묘한 사건은 18세기 말엽에 일어났다. 이 일에 관련된 사람은 쿠바트레메레 디종발이라는 이름의 한 재치 있는 네덜란드 사나이로서 직업과 계급은 암스테르담의 장성 부관이었다.

그는 지나치게 위험한 경지까지 정치적 활동을 감행하고 세습 황제라는 명목하에 네덜란드를 부당하고 그릇되게 통치하는 빌헬름 5세에 대항하여 공모자의 의견을 좇아 몇 번의 폭동 음모에 가담했다. 하지만 결국 빌헬름 5세는 네덜란드로 진입한 프러시아 군대의 도움으로 왕관을 지킬 수 있었다. 폭동은 진압되었고 디종발은 우트레히트 감옥 성벽 뒤로 사라졌다. 그동안에도 바깥 세상의 다채롭고 모험에 찬 생활은 진행되고 있었다.

어마어마하게 크고 풍요한 세계 중에서, 지금의 디종발에게는 오로지 벽돌로 에워싸이고 철봉鐵棒으로 봉쇄된 조그만 사각형의 방만이 주어져 있었다. 의기소침해서 며칠을 지낸 뒤 감방 안을 휘둘러보았을 때, 그는 자기와 함께 있는 유일한 생명체는 거미와 파리뿐이라는 것을 확인했다. 파리는 그것이 들락거리기에는 알맞은 격자 쳐진 창문을 날아 들어오고 나가고 있었다.

지금까지 인간을 관찰하고 인간과의 승부에 자신을 바쳐왔던 이 사나이는 지금부터 거미의 움직임을 연구해보겠다는 기발한 착상을 해내었다. 그때의 그의 상황에서는 지극히 건전한 착상이었다. 그렇게라도 그는 자신의 왕성한 정신력을 어디에고 몰두시키지 않으면 안 되었던 것이다. 공연히 우수에 잠기는 것을 그는 원치 않았다. 그래서 심심풀이로 파리와 다른 곤충을 잡아 감방 안에 쳐져 있는 거미줄에 푸다닥거리게 걸어보았다.

겁이 많은 거미들도 그의 모습에 길이 들었고, 심지어는 그를 기다리는 기색을 보이며, 거미줄 앞에 그가 버티고 서도 결코 도망치는 법이 없었다. 때때로 디종발에게는 건강상의 장애가 일어났다. 이미 다른 때도 그랬었지만 일기의 변동이 올 때면 그는 항상 두통으로 괴로워했고, 특히 습기 찬 감방이 고통을 더해주었다. 이런 상황의 그에게는 특별히 기분 전환 거리가 필요했지만, 이렇게 감금된 사나이의 기분을 돌릴 것이 무엇이 있었을까? 오로지 거미뿐이었다. 그러다 보니, 그가 두통으로 심한 괴로움을 겪는 날에는 거미가 모조리 사라지고 없다는 것을, 그러고 나면 규칙적으로 세찬 돌풍이 일고, 스콜이 감옥 성벽에 걸린 젖은 깃발을 몰아친다는 것을 알게 되었다.

그리하여 그의 예리한 관찰력은 거미의 돌연한 증발은 비바람과 연결된다는 결론에 이르렀던 것이다. 그는 이 동물의 신비스러운 거동을 두 번, 세 번 거듭 관찰했다—그의 머릿속에서 두통이 참을 수 없을 정도로 방망이질 치면 거미는 어김없이 거미줄에서 사라졌고, 활동하는 일이나 시야에 보이는 일이 없는 시간이 지속되었다.

디종발은 이번에는 반대의 실험을 해보았다. 할퀴는 듯한 두통이 가라앉거나 완전히 멎을 때면 거미는 어떤 행동을 하는가? 그것들은 은신처에서 슬금슬금 기어나와 거미줄에 은빛의 망網을 설치했다. 열심히 거미줄을 짜면서 노획물을 노리는 것이다—그러노라면 어느덧 하늘이 맑아오고 돌풍은 가라앉아 잠드는 것이었다. 화창한 날씨가 돌아오는 것이다.

7년의 단조로운 감방생활이 흘러갔다. 끝이 없어 보이는 똑같은 형태의 긴 사슬의 연속이었다. 자연을 한낱 닫혀진 책처럼 거들떠보지 않은 자들은 이 괴롭고 희망 없는 감방 생활에서 도저히 위안을 찾을 수 없었으리라. 하지만 열려진 책으로서의 자연은 이 거미줄의 친구에게 신비스러운 인식을, 그 인식으로 인한 자유를 선사해준 것이다.

디종발은 거미가 대기의 변화에 현저한 영향을 받는다는 것과 닥쳐올 일기의 개황을 미리 예고해준다는 것을 확인하게 되었다. 그의 이론에 의하면 거미는 크게 네 가지 부류로 구별되었다. 여름 거미와 겨울 거미, 모퉁이 거미와 케이블식으로 매달리는 거미였다. 케이블식 거미는 문 앞이나 열려진 창, 들보의 기둥 사이의 공중에 바퀴 모양의 거미줄을 치고, 이와는 대조적으로 모퉁이 거미는 배船 모양의 거미줄을 구석이나 모서리, 그늘이 진 곳, 햇빛이 적게 비치는 지점에

다가 친다.

케이블식 거미가 많이 눈에 띄면 그것은 화창한 날씨를 예고하는 것이었고, 별로 눈에 띄지 않으면 날씨의 변화를 암시해주는 것이었고, 그 거미가 모조리 사라져버리면 그의 의견에 따르면 백 퍼센트, 당분간 비가 계속될 가능성을 보여주는 것이었다. 또한 모퉁이 거미의 거동은 다음과 같다는 것이 그의 이론이었다—모퉁이 거미가 눈에 띄는 날이면 좋은 날씨를 기대해도 된다. 그것이 사라진다면 흐린 날씨가 닥쳐올 것이다. 하지만 이 거미가 한동안 보이지 않거나 은신처에 숨어 엎드린 모습이 눈에 띈다면 오랫동안 비가 계속될 것이다.

반대로 이 거미가 다시 기어나와 새로이 거미줄을 몇 개씩 치게 되면, 오랫동안 화창한 날씨를 맞게 되는 것이다. 겨울거미는 2월 말이 되면 겨울을 넘길 집인 동시에 양식 창고를 물색하여 겨울이 지나는 동안 거미줄을 설치해놓고 있다. 그들은 한파가 내습하기 전에 어김없이 새로운 거미줄을 짜놓고는 해동이 되기까지 거의 열광적으로 활동을 전개한다. 비단 두 개뿐 아니라 서너 개의 거미줄을 아래위로 한꺼번에 쳐놓는 것이다. 이 겨울 거미는 지극히 드물다. 그는 4천 마리에 달하는 거미군群 중에서 오로지 다섯 마리의 겨울 거미를 확인했다는 것이다.

이 현명한 장성 부관의 관찰은 결국 감옥 문의 열쇠가 되었다. 1794년도 저물어갈 무렵, 프랑스는 네덜란드에 선전포고를 했다. 네덜란드인은 운하의 수문을 열어놓아 영토의 커다란 부분을 수중에 잠기게 해버렸다. 하지만 실상 이런 식의 장해는 적군의 진군을 일시 연기시킬 수 있었지만 결코 끝내 막아낼 수는 없었다. 마침 매서운 섣달의 혹한이 네덜란드를 휘몰아치고 지나가, 범람氾濫 지대를 두터운 빙판으로 덮어버린 것이었다.

프랑스 군대는 승전의 기세로 네덜란드 군대를 격퇴하여 이미 우트레히트의 근방에까지 진입했다. 그런데 그때 날씨가 돌변하더니 따스한 서풍이 불어와 얼음을 살살 갉아 한 조각 한 조각씩 녹아들게 했다. 프랑스 군 측의 상황이 난감하게 되었다. 후방과의 연락 부대는 일부 물에 잠겨버렸고 프랑스 군대로서는 감히 전투를 개시하여 진군할 엄두를 낼 수가 없었다. 육중한 포병과 화물 상자와 함께 얼음 속으로 빠져들 위험이 있기 때문이었다. 그 결과 프랑스 총사령관은 빌헬름 5세와 담판을 벌이기로 했다. 그동안의 전비戰費를 지

불해준다면 점령한 네덜란드 영토를 돌려주겠노라는 협정을 제의하려고 했던 것이다.

하지만 그때, 디종발이 이 담판에 개입하게 되었다. 그의 뜻은 담판이 결렬되는 데에 있었다. 프랑스가 우트레히트로 진군해 들어와야만 자신의 해방을 바라볼 수 있기 때문이었다. 이 수감자는 거미의 거동에서 해동기解凍期가 잠시밖에 지속되지 않으리라는 것을, 그러고 나면 얼마 안 있어 세찬 혹한이 다시금 몰아칠 것이라는 것을 확신했던 것이다.

매수당한 간수가 프랑스 사령관에게 편지를 한 통 전했다. 이 사연 안에서 디종발은 프랑스 총사령관에게 빌헬름 5세와의 담판을 연기하라고 간청했다. 즉 자신의 자연과학적 연구에 따르면, 늦어도 일주일 뒤면 다시금 혹한이 내습함을 예언할 수 있다는 것, 그 혹한이야말로 장군에게 전 군대를 몰고 진군할 계기를 허용할 것이라고 밝혔던 것이다. 프랑스의 장군은, 그 이름은 이미 들어서 알고 있는 네덜란드 부관, 쿠바트레메레 디종발의 이 야릇한 제의를 받아들였다.

과연 거미는 정확하게 예보를 했다—며칠 뒤, 새로운 한파가 전 네덜란드를 쨍 울리며 닥쳐왔고, 전 범람지역과 심지어는 운하의 밑바닥까지 꽁꽁 얼어붙었다. 프랑스인은 육중한 대포까지 거뜬히 얼음 위로 이동해 우트레히트 누벽壘壁 앞에 포진할 수 있었던 것이다. 저물어가는 세모에 프랑스 군은 군악 소리 드높게 우트레히트로 진입했다—디종발에게는 해방의 시간이 온 것이었다.

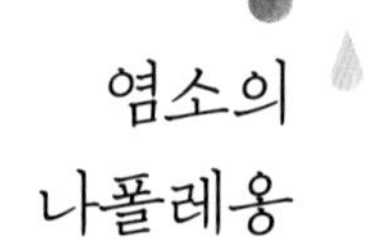

염소의 나폴레옹

새까만 점點들처럼 고깃배가 떠 있는 잔잔한 호면湖面 위로 납 같은 회색의 새벽이 깨어나고 있었다. 그렇다고 결코 침침하다고 할 수는 없는 여명黎明 속에서 새벽 고기잡이가 시작되는 것이었다. 산과 강 사이에 새의 깃처럼 걸려 있는 이 작은 마을에도 어느덧 어디서나 생활이 깨어나고 있었다. 올리브를 따는 일꾼의 유쾌한 콧노래가 정원 너머로 흘러오고 있었다.

술주정뱅이 구두장이의 열네 살짜리 아들, 앙겔로 갈로가 오고 있는 모습이 보인다. 그 구두장이는 오르간의 파이프처럼 많은 자녀를, 사내애 계집애 할 것 없이 뒤섞어 무려 스무 명에 달하는 자녀를 갖고 있었다. 그래서 구두장이 자신도 아이들이 골목에서 무리 지어 뒤섞여 놀 때는 어떤 사내애며 계집애가 자기 자식인지를 구별해내지 못할 때가 흔히 있는 것이다.

벌컥 화를 잘 내며 엉큼한 성미의 소년 앙겔로는 마을의 염소 떼를 언덕으로, 곧 뗏장이 덮여 있고 잡초가 무성한 몬테 발도의 목장으로 몰아 올라가는 것이었다. 고약하게 동물을 학대하는 이런 소년이 목동이 되었다는 것부터 애당초 틀린 일이었다. 이렇듯 신비스럽고 조용한 직업에는 그야말로 온화한 성품의 사람이 적성이 아닐까. 나는 앙겔로가 얼마나 무자비하게 염소와 양을 다루는지, 지금껏 여러 번 목격을 했었다. 동물에게 매질을 가할 때면, 어린애답지 않게 음흉한 그의 얼굴에는 음탕스런 광채가 활기 있게 떠오르는 것이었다.

오늘도 이 새벽빛 속에서, 마을 사람들이 그렇게 부르는 염소의 나폴레옹, 앙겔로가 로마 시대의 석회석 성벽을 끼고 좁은 오솔길을 따라 올라오고 있었다. 무성한 가지를 치고 있는 올리브 나무의 틈서리로 새벽빛이 새어 나오고 있었다. 앙겔로는 더러운 천 뭉치가 매달린 널찍한 끈을 어깨에 걸고 있었다. 그 뭉치 안에는 빵과 치즈와 빈 잔이 들어 있어서 산등성이에서 점심을 먹을 때, 그는 퉁퉁 불은 염소 젖통에서 젖을 짜내어 이 잔에다 받아 먹는 것이다.

바야흐로 신神의 품을 벗어난 평화로운 아침도, 이제 식식거리며 퍼붓는 소년의 욕설로 갈갈이 찢어질 것이다. 부드러운 청순함도 마구 짓밟혀질 것이다. 쉴 틈 없이 지치지도 않으며, 그의 험한 주둥이는 가축 떼를 향해 저주의 푸념과 욕지거리를 쏘아대는 것이다. 소리 소리 꾸짖어대는 화난 음성이 집 앞을 지나, 산 오솔길로 올라갈 때면 나는 번번이 고문을 당하는 느낌이 드는 것이다.

오늘은 이렇게 막돼먹고 거친 앙겔로보다는 한결 온순하면서 겁쟁이인 동생 파올로가 동행을 하고 있다. 파올로는 가축 떼의 맨 뒤에서 몰이를 하고 있었다. 염소떼들은 뒷다리 사이에 젖통을 자루처럼 흔들거리면서, 떨꺽대는 단단한 발굽에 두텁게 엉겨붙은 털덩어리로 먼지 덮인 길에 기다란 줄을 그어서 먼지 구름을 일으키며 가고 있었다.

이 염소 떼의 가운데는 특히 화려하게 눈에 띄는 염소가 한 마리 끼어 있었다. 그것은 보기에도 대담하고 굉장하게 생긴 놈으로서 밤색의 털로 뒤덮여 있었는데, 다만 가슴 부분만이 여린 밤색으로 거의 노랗게 태양 빛으로 반짝이고 있었다. 그놈의 머리통은 흡사 방랑하는 사나이들, 늙은 목자牧者나 남부의 광부들처럼 수염이 가슴까지 내려덮이고, 모자챙 밑으로 눈썹이 붓처럼 꿈틀 곤두서 있는 그런 장부의 모습을 하고는 기운차게 앞을 겨누고 있었다. 이렇듯 이 염소에게는 어디인가 대장부 같은 점을 볼 수 있는 데다가 활처럼 굽은 뿔조차 아름답게 솟아 있는 것이었다.

이 짐승은 자기대로의 고집이 있어서, 휘파람을 불거나 소리쳐 부르거나 돌을 던지거나 하는 것에 아랑곳없이 야릇하게도 자기가 생각나는 대로 걸어가고 있었다. 대체로 다른 염소에게서 보는 장난기가 이놈에게서는 반항과 고의로 험악한 심리 상태로 변질되어 있는 것이다.

이 염소와 앙겔로 사이에는 해소할 수 없는 뿌리 깊은 증오심이 도사리고 있다는 사실을 나는 오래전부터 알아채고 있었다. 이 염소의 주인이 부유한 포도주상商 안토니오 리고만 아니었더라도, 앙겔로는 필시 이 염소의 뿔을 부러뜨려버리거나 다리를 쳐버리거나 해서 벌써 오래전에 때려 죽였을지도 모른다.

마을의 좁은 오솔길이 앙겔로의 편으로 보면 상당히 유리한 것이었다. 그는 오른손에 굵은 올리브 가지를 들고 가축 떼에 앞장서서 가고 있었다. 그러더니 뒷걸음쳐 달려 가축 떼를 향해 얼굴을 돌렸다. 그의 눈에서 번쩍 불똥이 튀더니 초록빛 가지가 사정없이 오만스런 염소를 향해 내리쳐진다. 그 염소는 음매애 하고 요란스럽게 울어대는 염소 떼들의 틈바구니에 진퇴양난으로 박혀 있었다. 뒤쪽에서 맨발의 파올로가 고함을 치며 채찍으로 몰아대고 있었기 때문이었다.

나는 발코니에서 아래를 향해 소리쳤다. "앙겔로!" 있는 대로 소리를 높여 "앙겔로!" 그러고는 아무 말도 안 했다.

번개처럼 재빨리 그는 염소에서 손을 뗐다. 내 소리가 들린 모양이었다.

앙겔로가 방해하지를 않자, 빽빽하게 몰려선 가축 떼들은 소스라치듯 길을 따라 달리기 시작했다. 학대를 받은 염소도 가축 떼의 무리로 얽혀 들어갔다. 하지만 그 염소는 역시 두드러져 보였다. 황망스런 떼전에서 거만하게 우뚝 버티고 있었다. 그놈의 몸뚱아리는 온통 수모에 대한 분노로 이글이글 타고 있는 듯이 보였다. 문득 이 짐승은 석회 벽에 유난히 섬뜩한 그림자 하나를 던지고 있었다. 이제 막 아침 해가 산등성이로 떠올라왔던 것이다.

아마도 그것은 상상에 지나지 않았겠지만, 눈 깜짝할 동안 나는 그것에서 광분하고 있는 판〔Pan: 목신〕 신의 불안한 그림자를 본 것 같다. 그 영상은 내게 영 언짢은 기분을 주었다. 그러는 동안 염소 떼를 거느린 아이들의 모습은 목장으로 사라져버렸다.

하루 종일 나는 기분이 언짢았다. 하늘과 땅의 중간층에 있는 것 같은, 무엇인가 슬픈 것과 움울한 것 사이에 존재하는 것 같은 하루였다. 매일처럼 정확하게 불어와서, 어부들이 오라(Ora) 또는 시간바람이라고 이름 붙인 정오의 바람도 오늘은 뒤늦게 불어왔고, 그것도 다른 때처럼 세차고 상쾌한 것이 아니었다. 그 바람은 어느 틈엔가 잠들어버렸고 오후 내내 호수 위에는 납처럼 무거운 기운이 서려 있었다.

목장의 담을 끼고 마을로 내려오는 거리는 하얗게 반짝거리며 이글거릴 따름이었다. 이 따가운 거리 위에는 단 한 사람의 인적도 볼 수가 없었다. 그러더니 거리 위로 느닷없는 돌개바람이 불어쳐와 하얀 먼지의 소용돌이를 일으키다가는 슬그머니 가라앉았다. 납처럼 나른한 오후였다.

산길에서 외마디 소리가 들려왔다. 마치 공중을 날고 있는 새의 비명 같은. 또 한 번. 더 길게 좀 더 가까이서. 이제는 내 귀에도 분명히 들려왔다—그것은 어쩔 줄 몰라 하는 어린애의 공포의 절규였다. 잠깐 끊어지는가 싶더니, 비명은 다시금 더 길게 여운을 끌며 흐느끼면서 들려왔다. 달려가던 어린애가 발을 헛디디거나 몸뚱이를 부딪혀 충격을 받는다면 그처럼 삼킨 듯한 흐느낌이 들려오리라.

나는 허겁지겁 층계를 뛰어내려 거리로 달렸다. 바로 그 순간 형 앙겔로와 함께 목장으로 갔던 파올로가 숲 사이 오솔길로 오는 것이 보였다. 그는 거리의 돌담에 면해 있는 분수 앞에 오더니 픽 쓰러졌다. 그러고는 완전히 탈진한 듯 한동안 벌렁 누워 있더니, 가까스로 애를 쓰며 가느다란 물줄기가 있는 데까지 기어갔다.

그 애는 마치 헐떡대는 강아지처럼 물을 마셨다. 그리고 젖은 손바닥으로 맥없이 땀방울과 눈물로 뒤범벅된 얼굴을 씻었다. 그러더니 계속해서 가야 한다는 생각이 후딱 났는지 다시 벌떡 일어섰다. 나를 보자, 파올로는 우뚝 선 채 울음을 터뜨렸다. 그칠 줄 모르고, 가슴 밑바닥부터 들먹거리며, 어쩔 줄 몰라 하며 마음껏 울었다. 성냥개비처럼 가느다란 그 애의 갈색 다리는 긁히고 피가 흘러 있었고, 팔뚝에는 커다란 피딱지가 더럽게 말라붙어 있었다.

"무슨 일이냐? 파올로. 왜 우니?"

내 물음에도 흐느끼느라 소년은 대답을 못 했다. 그 애의 조그만 몸뚱이는 오한과 공포로 무섭게 흔들리고 있었다. 무슨 말인가 입에 올리려고 하더니만, 어느 틈에 분천의 소용돌이처럼 새로운 흐느낌이 터져 나왔고, 눈물에 북받쳐 훌쩍훌쩍 끊겨져 나오는 말조차 삼켜버렸다.

"앙겔로, 앙겔로……가……가……."

다른 말은 눈물의 물결 속으로 흘러 들어가버렸다.

항상 호기심 많은 대장장이 케자레가 자전거를 타고 달려와 자전거를 담벼락에 기대놓고는 어린 오얏나무 흔들 듯 파올로의 어깨를 흔들어댔다.

또한 기름 짜는 집의 장인匠人 프란체스코 역시 풀줄기를 잇새에 물고 씹고 있다가 담 너머 광경을 바라보자마자 가죽 앞치마에 온통 올리브유의 톡 쏘는 지독한 냄새를 풍기면서 다가왔다.

그들은 결국 앙겔로가 몬테 발도의 산턱 아래쪽에 누워 있다는 것, 그리고 꼼짝하지 못한다는 것을 알아내었다.

파올로가 불쑥 또 울음보를 터뜨렸다. 한동안 어쩔 줄 모르며 히스테릭한 오열에 몸을 떨더니, 마침내는 분노의 비명을 내질렀다.

"포도주 상점 집의 염소가 앙겔로를 죽게 했어요!"

항상 난폭하고 거친 성품의 케자레가 웃음보를 터뜨렸다.

"멍충아, 염소란 결코 사나운 짐승이 아니야. 염소란 사자처럼 날카로운 이빨을 갖고 있지도 못해. 사자라면, 나도 데센자노의 서커스에서 구경한 적이 있지." 그는 서커스 구경을 갔었다는 사실을 기름집 장인에게 과시하고 싶었던 모양이다.

하여튼 두세 시간 전에 나는 자연의 심연을 들여다보았었다. 자연은 적의敵意를 갖고 있었고, 그것이 지금껏 지속된 것이었다. 비록 한순간의 일이었지만, 나는 자연의 비밀을 들여다본 것이었다. 비밀은 다시 한번 활짝 틈을 열어 보이고는 잦아들더니 얼음처럼 차가운 영원의 침묵 속으로 가라앉아버린 것이었다.

나는 후끈 달아오르는 것을 느꼈다. 그러고는 목 언저리를 건드려보았다. 충혈充血로 인해 목구멍이 터지는 듯한 느낌이었다. 그것이 어떻게 얽혀 있는 것인지를 알고 있었다. 사물의 인과응보를, 보복을 나는 예감했던 것이다.

아마도 앙겔로는 산 목초지에 가서도 염소를 또 못살게 굴었으리라. 격분한 짐승은 이 소년에게 대들어 쳐받았으리라.

그때 앙겔로는 불행하게 추락을 했을 것이다.

하지만 진상은 좀 달랐다. 나는 파올로에게서 이야기를 유도해내었다. 그 애는 우리를 안내하여 염소 목장으로 같이 올라가는 중에 한결 안정을 되찾고 있었다.

아닌게 아니라, 산에 이르러서도 앙겔로는 염소를 향한 행패를 그칠 수가 없었던 모양이었다. 뒤를 쫓아가는 앙겔로를 피해서, 염소는 우툴두툴 이어진 풀밭이 끝장나는 가파른 낭떠러지를 향해 도망을 쳤다. 그 절벽의 바윗돌은 부슬부슬 삭아버렸다고 이미 소문이 나 있던 터였다. 염소가 도망치느라 펄쩍 뛰는 바람에 바윗덩이의 커다란 부분이 무너져버렸고 그것이 쫓아가는 소년의 머리에 힘껏 들어맞았던 것이다. 상처를 입은 앙겔로는 버틸 힘을 잃고 절벽 너머로 굴러떨어진 것이었다.

땅거미가 지기 전에 우리는 목장에 다다랐다.

두개골절에 이를 만큼 앙겔로의 두부頭部의 상처는 크게 입을 벌리고 있었다. 그는 문자 그대로 낭자한 자신의 피바다 속에서 헤엄을 치고 있었다. 나는 즉각 구제불능이로구나! 생각했지만 입을 다물었다. 그 밖에도 오른팔이 추락하면서 부러져 있었다. 뼈대가 찢겨 헤쳐진 살 조각을 꿰고 있는 판이었다.

앙겔로는 아직 희미하게 숨을 쉬고 있었다. 들릴 듯 말 듯 심장의 고동은 치고 있었지만 의식은 이미 불명이었다.

우리가 마을로 내려오는 동안 밤이 내려와 있었다. 신비스럽게도 유리알같이 투명한 고요한 밤이었다. 매미들의 울음도 여느 때처럼 그렇게 미친 듯 소란스럽지가 않았다. 고원으로는 번갯불이 번쩍 지나고 있었다.

대장장이에 의해 크고 작은 나뭇가지들로 들것이 즉석 제조되었다. 우물가에서 우리는 잠시 쉬었다. 자전거는 흉한 모습으로 여전히 무겁게 벽에 기대어져 있었다. 우리는 물을 마셨다. 그러자 염소들이 흥분해서 음매애 하고 요란스럽게 울어대며, 물통으로 달려들어 마셔 젖혔다. 그 거대한 염소는 마시지를 않았다. 그놈은 가축 떼전과는 단절을 한 듯한 모습을 하고 염소 우리로 되돌아가는 일이 조금도 즐겁지 않다는 듯한 거동을 보이고 있었다.

파올로가 열列에서 빠져나와, 아직도 물을 머금은 입으로 그 염소를 향해 침을 뱉었다. 그러고는 발길질을 하려다 용기가 안 나는 듯 주춤했다. 그 염소가 한 발자국도 뒤로 물러 피하는 기색이 아니었기 때문이었다.

"파올로." 나는 타일렀다. "앙겔로가 왜 그렇게 됐나 생각해봐라!"

나는 이 염소에게는 아무런 일도 일어나지 않으리라는 것을 알고 있었다. 그 순간부터 염소는 불행을 가져오는 존재로 누구나 꺼리게 될 것이기 때문이었다. 나는 염소의 곁에서 판 신의 모습을 보았다는 말을 아무에게도 하지 않았다. 어쩌면 그 염소야말로 판 신 자체일는지도 모를 일이었다.

우리는 구두장이 갈로의 집으로 이미 숨진 앙겔로를 운반해갔다.

마인 강의 목재 화물선

대체로 6월, 7월, 8월을 지나는 동안 오후가 되면, 마인 강변의 프랑크푸르트트로는 예인선과 삼판선三板船의 예색曳索이 강물에 아름다운 곡선을 그리면서 지나간다. 그것은 곧 연기로 새까매지고 타르를 흠뻑 뒤집어쓴 기다란 선박의 행렬이 계류溪流를 따라 지나가기 때문이다. 이 화물선들은 원래 라인 지대의 공업 항도港都로부터 석탄을 잔뜩 채워 마인 강을 거슬러 올라왔다가 이번에는 목재를 싣고 라인 강 쪽으로 되돌아가는 것이었다. 껍질을 벗기어 다듬어진 그 목재들은 시커먼 검댕이 천지의 탄광에서 갱도坑道에 쓰여질 것이었다.

시커멓게 더러워진 채 서쪽으로 끊임없이 도도히 흐르는 강물 위로 집더미같이 목재를 산적한 화물선이 떠나가고 있었다. 그 광경을 바라보고 있는 강변의 한 사나이에게는 그 물결로부터 한동안 쏴 하는 숲의 울림이 먹먹하고 공허하게 아득히 들려오는 것만 같았다.

사람의 마음을 사로잡는 매혹적인 울림. 태초로부터 설레어온 숲의 음성. 땅 위에 한 점의 바람결조차 느껴지지 않는 경우에도, 수관樹冠을 흘러가며 말을 건네오는 그런 숲의 살랑거림이 들려오는 것만 같았다. 또한 수천을 헤아리는 나무 둥치들, 여러 가지 강도와 굵기의 둥치들, 아마도 40년, 50년, 60년, 70년, 그러고도 더한 연륜을 지녔을 가문비나무, 소나무, 잣나무의 둥치들이 지금 막 물길 여행에 오르는 것을 바라보노라니, 이 사나이의 가슴은 뻐근하게 차오는 감동을 느끼며, 그와 동시에 그 나무가 어디에서 성장했으며, 어느 계곡에서 왔는가를, 누가 그것을 쳐냈으며, 누가 숲에서 실어내어 왔는가를 한눈에 알아보는 것이었다.

그 나무가 자란 숲의 지역이 무슨 이름이며, 그것이 어디에서 톱질이 되고 껍질이 벗기어졌는가를 그는 알아보았다. 그것은 아샤펜부르크에서, 마인 강변의 오베른부르크에서, 로르에서, 마르크트하이덴펠트에서, 베르트하임에서, 그로스발슈타트와 클링엔베르크에서 왔다는 것을, 동판화에서처럼 도시 풍경을 배경으로 한 항구들, 나무 껍질과 생선 비늘, 포도주 통과 송진 내음이 뒤범벅된 화려한 향내로 뒤덮인 항구에서 배 위로 굴러져 실려 왔다는 것을 그는 알고 있었다.

슈페사르트에서 온 나무들도 있었다. 사나이의 불안하고 과격하고 팽팽했던 젊은 날의 역사를 아치처럼 뒤덮고 있던 나무들, 황혼에는 불타는 듯이 보이고, 비가 오면 후둑후둑 빗방울 듣는 소리를 들려주던 나무들, 아들의 세대와 아버지의 세대, 할아버지의 세대, 서투른 붉은 수염에 고드름을 달고 눈 속에 묻혀 사냥하던 무리들 할 것 없이 온갖 인간의 종족이 스쳐 지나간 나무들.

헤아릴 수 없는 갖가지의 모험이 그곳 초록의 어스름 빛 속에서 일어났었다. 사냥과 꿈. 그늘에서의 오수午睡, 동물과의 대면, 여인과의 정다운 밀회, 시냇물의 재잘거림과 맹금猛禽의 울부짖음, 그리고 외로움.

사나이의 눈은 한동안 어느 배 위에 산적한 굵직한 나무 둥치에 박혀 있었다. 그러자 그 둥치 중의 하나가 홀연히 사나이의 기억 속에서 불쑥불쑥 솟아올랐다. 위로는 살랑대는 수관이 무성하고, 뿌리는 자디잔 이끼가 습하게 끼어 있는, 그리고 가지를 써먹으려는 어느 도벌꾼에게 꺾여져 나간 자리에는 하얀 송진이 흐르고 있는, 그런 날씬한 나무로 자라올랐다.

이제 사나이의 눈앞에는 늘씬하게 쭉쭉 뻗은 가문비나무가 솟아 있었다. 사방에는 정적이 얽혀 있었다. 아니면 멧돼지의 꿀꿀거리는 소리와 딱따구리의 북 치듯 울어대는 소리—침엽과 활엽의 암록빛 얼굴을 한 화려하고 위대한 숲. 그것의 전형적인 소음과 본질과 사물들이 사나이의 눈앞에 전개되었던 것이다. 그런가 하면 또 다른 어떤 소나무 둥치가 어린 시절의 꿈나무로, 은신처로 모습을 드러냈다.

어린이라면 모름지기 굶주린 영혼에 걷잡을 수 없는 격동이 몰아쳐올 때 이따금 도망쳐 갈 수 있는 대상을, 비밀의 장소를, 하나의 은신처를 갖고 있는 것이다. 지금 막 배에 실려 떠나가는 한 그루 나무 둥치야말로 그 옛날 수줍게 반짝 괴던 어린애의 눈물을, 또한 깊은 생각에 골몰하던 진지한 어린 얼굴을 바라보던 바로 그 나무가 아니었을까. 해안 지대가 아닌 곳, 산지의 한가운데서라면 안정을 가져다주는 은신처로서는 나무 아닌 다른 어떤 곳도 없지 않았던가. 땅속 깊이 뿌리를 내린 나무들. 비가 내리고, 낙엽이 떨어지고, 혹한이 몰아치고, 또 태양이 찌는 계절의 변화 속에서도 의연히 살아 있는 존재. 그 안에서 숲 지대의 수천을 헤아리는 소년들이 서성댔던 것이다. 재치 있고 약삭빠른 얼굴, 더러워진 얼굴에 초록 먼지투성이의 빛바랜 모자를 눌러쓰고서. 게다가 그 모자에는 콘도르의 깃, 딱딱한 콘도르의 깃을 삐뚜름하니 꽂고 다녔었다. 늙은 나무꾼의 흉내를 내어 슬쩍 찌르고 다녔던 연한 잿빛 줄무늬의 새의 깃. 아무것도 꺼릴 줄 모르는 어린 혓바닥이 그것을 핥아보았을 때, 씁쓸한 날것의 맛이 났었다. 야생의 맛, 비둘기 피와 소나무 가지, 그리고 맹금의 토사물의 맛이 뒤범벅으로 났던 것이다.

어림하는 시선이 아무리 날쌔도 배 위에 적재한 둥치들을 헤아릴 수는 없었다. 그것은 높게 산적한 통나무의 더미였다. 절단면을 바깥으로 향하게 하고, 퇴적의 잇닿는 부분에는 같은 부피와 두께의 둥치들이 나란히 오도록 배열해 쌓아올린 것이 있는가 하면, 물 위에서의 부력浮力의 한계점까지 길이대로 포개어 쌓아 육중한 갈색의 산등성이를 이루어놓은 것도 있었다.

이렇게 목재를 실은 거창한 배의 행렬은 어느 다리의 아치 밑을 지나 나오더니, 순식간에 강을 따라 저편 아래쪽에 있는 또 다른 다리의 아치 밑으로 사라지고 있었다. 이러한 배의 광경은 강변에서 서성거리고 있는 이 사나이에게 잡다한 상념을 몰아다주었다.

지나간 날의 윤곽과 영상影像. 추억, 빛 바랜 추억이지만 선명하게 윤곽을 잡은 추억들이 흘러간 모든 세월로부터 몰려오는 것이었다. 이렇게 휘몰아쳐간 목재 화물선은 그에게 일종의 교훈이었다. 세월의 무상無常과 소멸에 대한 가슴 아픈 교훈이었다. 다른 어느 시절보다도 한층 길었던 숲의 시절, 로르브룬과 메스펠브룬의 숲에서의 외로웠던 시절에 대한 교훈이었던 것이다.

그렇게 흘러가버린 세월, 수목에 의해 단련되고 나뭇가지의 살랑거림과 그 그늘로 채워졌던 세월은 결국 한 줌의 톱밥 이외에는 아무것도 아니었던 것이다. 날이 선 아가리, 상어 이빨 같은 톱날의 아가리에서 부스러져 떨어진, 그리하여 바람에 이리저리 흩날려버려진 톱밥. 그것은 바로 마인 강변에서 서성거리고 있는 이 사나이의 추억의 모습과 똑같은 것이었다.

강변에서 서성거리던 사나이는 호기심 많고 난폭하던, 그러면서도 때로는 이상스럽게 말이 없던 어린 소년으로 되돌아가 있었다. 슈페사르트의 초록빛 숲 속에서 자라난 한 마리의 새처럼, 흥분에 찬 반짝이는 눈초리를 하고 있던 일곱 살짜리 소년. 길도 없는 총림叢林 속으로 감히 들어설 엄두를 못 내던 시절이었다.

숲 속에는 괴상스런 동화 속의 인물들, 시커먼 강도, 빨간 신을 신은 눈雪 귀신, 칼을 휘두르는 무사, 상아의 외뿔 달린 귀신과 그와 비슷한 것들, 무시무시하고 생소한 것들, 사람을 홀리는 것, 억센 괴물들이 행패를 부리며 어둠 속에서 활개치며 살고 있는 것으로 알고 있었기 때문이었다. 그리고 그는 또 한순간 동화童話와 공포감을 벗어난 열두 살, 열네 살짜리 개구쟁이로 변했다.

소년은 바지 주머니가 불룩 터져나가도록 도토리 껍질을 주워 모아서 그것을 두 손가락 사이에 끼워넣고 입으로 휙 날카로운 휘파람을 불어대었었다. 이렇게 멋대로 떠돌아다니던 시절, 그는 방학만 되면 아침부터 밤중까지, 까마귀 둥지와 도토리가 있는 숲 속의 주인 노릇을 했던 것이다. 그 숲은 선생님의 사정없는 꾸지람을 흘려버리던 장소이기도 했다. 거미줄을 뒤집어쓴 머릿속에 과장된 용기만이 살아 거드름을 피우던 그런 숲이었다—그뿐이랴. 강변의 사나이에게는 운송되는 목재가 무슨 요술 방망이처럼, 과거를 불러내는 마술처럼 느껴졌다. 그것은 또한 그를 거칠게 정복욕으로 들끓던 사랑의 편력 시대로 되돌아가게 해주었다.

더듬거리는 기다란 얘기 같은 것은 필요치 않던, 오로지 입맞춤으로 이어진, 입맞춤에야말로 구원의 행복이 있고 위대한 무아경無我境이 있다는 듯이, 아무리 해도 채워지지 않는 입맞춤으로 이어진 사랑의 편력. 그것은 모름지기 젊은이의 모든 가슴을 터질 듯한 격동으로 몰아넣는 동계動悸를 동반하는 키스였다. 걷잡을 수 없이 정력이 넘쳐흐르던 젊음. 그때의 키스는 한 여인에게서 다른 여인을 향한 것이 아닌, 앞치마를 두르고 숲길을 걸어오는 모든 여인을 향한 것이었다. 또는 푸른빛 리본을 맨 여자, 기타를 손에 들고 오는 여자, 흙밭의 냄새가 나는 거무스레 햇빛 그을린 어깨에다 감자 캐는 괭이를 메고 오던 여자.

이 모든 여자들을 향한 것이었다—사로잡히면 당황해하던 그 조그만 몸뚱이는 얼마나 호들갑스럽게 소리를 질렀던가. 그러면서도 결국은 어김없이, 얼마나 나긋한 태도로 몸을 내맡겨왔던가. 무릎을 꺾고 앉아 키스 도둑의 목을 팔로 휘감고는 고사리밭을 향해 드러눕지 않았던가.

그 고사리밭에는 달팽이가 지나간 끈적끈적한 자취가 말라 반짝이고 있었다. 그러고도 숱한 상념들이 목재 실은 배와 함께 휘몰아쳐왔다. 숲 속에서만 있을 수 있는 독특한 지나간 세월의 체험과 사건들. 사냥과 딸기 채집. 벌목伐木, 그리고 겁 많고 날쌘 짐승들과의 가슴 졸이던 조우—그중에는 비록 사냥꾼끼리 벌이는 허풍기가 다분히 있는 이야기이긴 해도 한 가지 그럴싸한 일화가 있다.

잿빛 하늘에서 거대한 참나무 고목 위로 눈발이 떨어지고 있었다. 폭풍에 찢기우고 가지가 꺾어져나간, 그리고 울뚝불뚝 마디진, 그야말로 유령이 나올 듯한 참나무. 그것은 무시무시한 만큼 울창한 슈페사르트 숲의 마지막 유물이었다. 나무 껍질 위로 태양이 끓어오르면 씁쓸한 향내가 물씬 풍겨오는 진귀한 품종에 속하는 나무였다. 영원히 다시 오지 않을 세월 속으로 묻혀버린, 흘러가버린 그 겨울. 희미한 새벽빛 속을 한 사나이와 어린 소년이 눈 속에 크고 작은 발자국을 내며 가고 있었다.

이 어린 소년이야말로, 오늘 이 시간 마인 강변에서 상념에 잠겨 바라다보는 이 사나이였던 것이다. 그리고 징을 박은 구두를 신어서 눈 속에 더 무겁게 깊이 박힌 발자국은 숲 관리인 야콥의 것이었다. 끊임없이 파이프 담배를 피워 물어 옆으로 삐뚜름한 입 모습을 하고 있는 키다리 야콥은 온갖 풍상을 겪어 거의 나무 토막 같은 인상을 주고 있었다.

이 참나무 옆으로는 어린 가문비나무 숲의 암록빛 측면이 잇닿아 있었다. 바로 그때의 어린 나무들도 지금은 이미 베어져 목재가 되어 마인 강으로 흘러가버렸지만.

이 구역에 이르자, 문득 급히 지나쳐서 알아보기 힘든 살쾡이의 발자국이 드문드문 보였다. 살쾡이는 인기척을 느끼고 번개같이 참나무 고목을 타고 올라가서 둥치의 까만 구멍 속 어딘가로 사라진 것이었다.

"야, 야, 구멍 속에서 나와라." 하지만 한 번의 매질로는 참나무는 꿈쩍도 안 했다. "야야!" 소년은 끊임없이 나무를 때렸다.

하지만 어린 소년의 나약한 주먹질이 무슨 소용이 있었을까. 결국 연한 주먹만 부르튼 채 맨주먹질을 포기할 수밖에 없었다. 그러는 동안 남자는 사냥 권총을 들고 동그란 구멍을 향해 잔뜩 벼르며 사격 자세를 취하고 있었다. 하지만 괭이는 매복 장소에서 꼼짝도 안 했다.

"제기랄, 좋은 수가 있다." 나무 토막같이 딱딱한 남자는 말을 하고 나무의 뒤쪽으로 갔다. 아마 자기의 좋은 수를 실천에 옮기기 전에, 남자들이 흔히 불쑥 나무 뒤로 가서 하는 두 가지 일 중 하나를 해결하는 것이라고 소년은 생각했다.

그러자 남자는 여러 겹 기워 붙인 다 해어진 팬츠를 손에 들고 다시 나타났다. 때는 겨울이었다. 골수骨髓를 파고드는 혹한이었다. 사냥욕에 들뜬 이 지독한 작자는 그나마 구두와 양말은 신은 채였고, 사슴 단추가 장식된 초록빛 상의는 그대로 걸친 모습이었지만 바지는, 겉바지는 눈 위에다 그냥 팽개쳐둔 채였다. 그것을 입는 사이에 살쾡이가 구멍에서 나와 가문비 숲 속으로 사라질세라, 마음이 급했던 것이다.

그는 총으로 사격 자세를 취하고 서서 소년을 보고 안전칼로 팬츠를 가늘게, 어서 빨리 찢으라고 명령했다. 그러고는 소년으로 하여금 참나무 둥치의 제일 아래쪽 구멍까지 기어올라가, 천 조각을 쑤셔넣고 불을 붙이게 했다. 이것이 그러니까 좋은 수였던 것이다—살쾡이는 연기를 맡고 기어나올 것이라는. 지금, 마인 강 위를 떠가는 나무 둥치를 보고 있는 순간, 사나이의 눈앞에는 그때의 기괴스런 사냥 장면이 잡힐듯이 선명하게 떠올랐다. 대담스럽고도 우스꽝스러웠던 사건. 악취를 풍기며 불끈 쏟아져 나오면서 목구멍에 기침을 자극하던 연기.

혹한의 숲 속에서 빨간 만년萬年 속옷을 입고 조금도 떨지 않고 소리소리 지르던, 감탄할 만큼 용맹무쌍한 사냥꾼. 그는 사냥총을 들고 사격의 순간을 기다리고 있었다. 마침내 자욱한 꼬불꼬불한 연기와 함께 괭이가 나무의 위쪽 부분, 썩어들어 장식을 이루고 있는 위쪽 부분의 구멍으로부터 뛰쳐나왔다. 그리고 다음 순간 그 짐승은 목 가운데를 정통으로 맞고, 그야말로 날쌘 사격 솜씨로 맞고 비명을 지르며 나뭇가지에서 떼굴떼굴 눈 속으로 굴러떨어졌다. 이어서 눈 바닥을 빨갛게, 무서울 정도로 믿을 수 없을 만큼 서글프게 물들였다.

그 늙은 숲 관리인이 살쾡이 수놈이니 나무타기 선수니 하고 불러대던 괭이는 대단한 기운을 가진 짐승이었다. 꿈처럼 빛나는 초록빛 안광眼光. 그것은 잊을 수 없는 인상을 주었다. 그 눈에서는 유리알 같은, 바위 사이로 흐르는 샘물 같은 초록빛, 설명할 수 없는 숲의 전설 같은 초록빛이 빛을 발하며 진동하고 있었다. 그뿐인가. 정교하게 다듬은 루비처럼 투명한 빨간빛을 영롱하게 발하던 차가운 주둥이.

이 끈질긴 괭이의 생명은 발자국으로 더러워진 눈 위로 새까맣고 조그만 꼬리를 팔딱팔딱 치면서 점점 희미하게 맥을 잃어가고 있었다. 가슴속에는 동정심에 꽉 차 말없이 있던 소년은 살쾡이가 살아 있는 것이라면 한결 재미있고 바라보기에 즐거웠을 것이라고 목이 메어 소곤거렸다. 하지만 속옷 바람의 사나이는 핏기운으로 따스한 짐승의 껍질을 어루만지며 감탄을 했다…….

"이 껍질은 돈이 된단다. 얘야, 이것은 통풍을 막는 약이야. 이걸 걸치는 사람은 노후에 건강할 수가 있지……."

하지만 자신이야말로 생生을 갈구하던 한 마리 어린 살쾡이와 다름없었던 소년에게는 통풍이라니 그저 까마득히 먼 이야기였다. 통풍이란 오로지 영양과다의 뚱뚱이 술꾼에게나 걸리는 병의 이름일 따름이었다.

이렇듯 오랫동안 삭여지지 않는 서글픔을 동반하는 사건이었음에도 불구하고 늙은 숲 관리인을 따라 비정한 겨울 사냥에 참여했던 일은 소년에게는 하나의 훈장이요 명예로 느껴졌었다—하지만 이것도 오래전에 퇴색하여 덧없이 아득히 물러가버린 이야기였다. 희미하게, 거의 믿을 수 없을 정도로. 모름지기 모든 추억이란 거의 비현실적인 공허한 것이 아니겠는가…….

이제 목재를 실은 마지막 화물선도 저편 다리 뒤로 사라져 버리고 나자, 그때의 체험에 대한 기억 역시 지워져버렸다. 하지만 다만 한 가닥 쓸쓸한 여운이 한동안 머물러 있었다. 누구에게나 느껴지는 것은 아니지만 숲의 후각을 가진 자에게만은 풍겨져오고 구별되어 감각되는 것. 나무의 향내, 말라버린 나무껍질과 이끼의 향내, 침엽針葉의 향내, 그리고 햇볕 따스하게 비치는 잣나무의 송진 냄새가 물결을 타고 흘러왔다. 그리고 타르 칠이 된 새까맣고 긴 선박의 행렬이 던져준 야릇한 인상은 질긴 여운을 갖고 남아 있었다. 며칠 전에는 새까만 윤나는 석탄을 싣고 마인 강을 거슬러 올라왔다가, 이제 막 목재들을, 지난 가을과 겨울 동안 쳐내어진 나무들을 싣고 돌아가는 배의 인상이.

그 배는 나무를 싣고 대지의 오장육부 속으로 맹렬히 뚫고 들어가 있는 거대한 탄갱炭坑 지대의 풍경으로 되돌아가는 것이었다. 석탄이 채굴되는 곳, 태양볕이 간절히 아쉬운 곳으로. 어린 시절의 체험과 꿈의 안식처였던 수목들은 이제 갱목이 되어 마치 무덤으로 들어가듯, 땅속에 들어가 썩어 가닥가닥 분해되어버릴 것이었다.

만물은 이렇듯 흔히 번거롭고 긴 도정途程, 나쁜 길, 멸망의 길, 몰락과 죽음의 길을 걸어간다. 만물의 모습을 더럽히며 변질시키고, 굴복케 하며 파괴시키는 그런 길을. 역시 이것은 당위當爲이며 태초부터 그래 왔던 것이다.

이것은 만물의 운명이다. 억압과 신고辛苦, 악惡과 고뇌로 이루어진 천 갈래의 인간의 운명도 이와 무엇이 다르랴. 안경알 뒤에서 몽롱히 빛나는, 그러면서도 예리한, 이 서성거리는 사나이의 눈, 그 밖에도 떠나가는 배들에 시선을 주고 있는 무수한 다른 눈들, 푸른 눈, 초록빛 눈, 근시의 눈, 찌르는 듯한 시선의 눈, 이 모든 눈들은 아마도 이 배 위에 한 조각 영혼이 같이 실려졌다는 것을 예감하지 못했으리라.

한 조각의 신비스러운 내밀의 영혼, 한 조각 어린이의 영혼, 한 조각의 사랑에 도취한 영혼, 한 조각의 슬픔에 젖은 영혼이 다시는 돌아오지 못할 길로 영원히 떠나가 지워져버렸다는 사실을. 미지의 어느 누구의 것이 될 수도 있는 영혼, 보이지 않는 미지의 손이 끊임없이 표적을 그렸다가는 곧바로 지워버리는 커다란 석반石盤과도 같은 영혼이.

옮긴이의 글

언제부터 언제까지인지는 모르지만, 아무리 국어 과목에 관심 없는 낙제생이었더라도, 안톤 슈낙의 《우리를 슬프게 하는 것들》 하면 "아… 그것…" 하고 환성과 함께 기억하는 세대가 있다. 그것이 근엄하게 교과서에 실렸었다는 사실만으로 기억의 뿌리를 박아준 이유의 전부는 아닐 것이다. 학교 문턱을 나와 오랜 세월이 흐른 뒤에도 누구이든 문득문득 체험했으리라.

가을바람이라도 불어올 때. 사랑하는 이의 편지를 기다릴 때. 학교 시절 바로 옆 짝이었던 친구가 제복을 벗은 화려한 모습으로 초라한 나를 보고 모르노라 했을 때. 어쩌다가 왁자지껄한 파티에라도 끼어들었다 빠져나오며 깜깜한 하늘과 바람을 느꼈을 때…… 아, 이것은 우리를 슬프게 하는 것들이로구나. 어디서 들은 듯한 문구가 너무나 익숙하게 밀착되어 머릿속에 조립되어오는 체험을.

안톤 슈낙은 1892년 독일 남프랑켄 주 리넥에서 출생하여 그곳에서 김나지움을 나왔다. 그 후 다름슈타트, 만하임, 프랑크푸르트 등지에서 신문기자와 편집인으로 일했고, 세계일주 여행을 한 적이 있다. 그는 두 차례의 세계대전에 참전했었고 1945년 종전과 함께 미국의 포로에서 풀려나 마인 강변에 있는 칼 시로 돌아와 자유로운 작가로서 그곳에서 만년을 보냈다.

안톤 슈낙은 표현주의 작가의 계열에 속한다. 그렇지만 독자는 그를 어느 특정된 문학의 경향 안에 담아 이해하려 할 필요가 없을 것이다. 그는 '기질적으로 낭만파 서정성을 지닌 작가'라는 것, 그리하여 그의 모든 글은 획劃마다 단어마다 그 특성으로 충만해 있다는 것으로 모든 설명은 압축될 수 있을 것이다.

그의 작품으로는 《욕망의 장Strophen der Gier》(1919)을 비롯한 몇 권의 시집이 있고 《우울한 프란츠Der finstere Franz》(1937) 같은 장편소설도 발표된 적이 있지만, 그를 대가로 키워준 장르는 역시 짧은 산문Kleinprosa이다.

산문집으로는 소녀의 이름을 환상적으로 부각한 《소녀의 기념패Mädchenmedaillons》(1946), 《아름다운 소녀 이름Schöne Mädchennamen》(1961)이 유명하고, 문자의 형태를 고찰해서 상징적으로 관념 연합을 뽑아낸 《ABC에 대한 아라베스크Arabesken um das ABC》(1946)도 그 미술 공예적인 요소로 독자의 찬사를 얻었다.

이러한 소녀의 이름이나, 문자의 형태에 대한 고찰은 슈낙의 예리하고 섬세한 시선이 투시해간 극히 일부분의 소재에 불과하다. 어린 시절 살던 집의 낡은 나무 계단, 시골 울타리 곁의 나무 우체통, 대도시의 가로등, 녹슨 돌쩌귀가 삐걱대는 대문, 마른풀의 향기와 바삭거림……. 이 모두는 작가가 사랑해 마지않는 소재이다. 슈낙은 그 소재들을 회상하며 가시적인 장면 묘사에 그치지를 않고, 향기와 음향, 감촉에 이르기까지 전 감각을 동원하여 치밀하고 섬세하게 그려내어, 그것을 환상의 경지에까지 승화키시고 있다.

이 책의 1부는 자전적인 에세이 형식의 산문으로 문자 그대로 어린 시절, 고향, 자연이 소재이며, 2부는 단편의 형식을 빌린 산문으로 역시 젊음과 사랑, 방랑과 숲이 이야기의 흐름을 이룬다.

안톤 슈낙의 산문의 특성은 그것이 시적詩的이라는 데에, 곧 리듬 있는 화려한 문체에 있다. 앞서 말한 섬세하고 감각적인 작가의 관찰이 아름다운 문체의 저력임에는 두말할 여지가 없다. 다만 이 문체가 그대로 전달되지 못함은 옮긴이의 역량의 한계로 책임을 돌려야 할 것 같다.

또 한 가지, 인생을 바라다보는 작가의 달관된 시선이 읽는 이에게 더욱 공감을 준다. 긍정과 부정, 기쁨과 슬픔, 밝음과 어둠의 양면성을 지닌 세계에서 슈낙은 긍정의 편에 서서 부정의 면을 모나지 않게 투시해주는 것이다. 그것은 무엇보다 인생을 사랑하는 자세에서 우러나는 것이리라.

이 번역서는 안톤 슈낙의 산문집 《젊은 날의 전설Jugend-legende》(1941)과 《밤의 해후Begegnung am Abend》(1940)에서 선별된 작품이 주된 지면을 채우고 있다.

이 번역서의 표제가 된 에세이, 〈우리를 슬프게 하는 것들〉에 관해서는 이번에 중판을 내면서 역자로서 얼마간의 설명과 변명을 첨가해야 할 듯싶다. 이 에세이는 앞서 말한 두 작품과는 별개의 산문집에서 선별된 것이기 때문이다.

안톤 슈낙은 1차 세계대전이 끝난 1919년에 이 에세이를 처음으로 썼고 훗날 2차 세계대전이 끝난 1946년 그의 전집에 《로빈슨의 낚싯바늘Die Angel des Robinson》이라는 작품집의 일부로 약간의 문장을 바꾸어 이 글을 실었다.

원작자가 작품을 쓴 지 근 1세기, 역자로서도 처음 이 글을 번역한 지 40년 이상의 세월이 흘렀다. 실로 기억에도 몽롱한 옛날 얘기이다. 원고지(종이 문화)가 단추 하나로 뜨는 컴퓨터 화면으로, 도서관과 백과사전이 개개인의 스마트폰으로 옮겨 앉아 시시각각 변하는 오늘날의 초고속 디지털 정보시대에, 언어(독일어든 우리말이든)라고 이 추세에 어떤 고정된 자리를 차지할 수 있을까?

그런 의미에서 이전 시대를 살아온 한 사람인 역자는 이런 기본적인 느낌으로 수십 년 만에 다시 〈우리를 슬프게 하는 것들〉을 되돌아 읽어보며 몇 가지 정리할 필요를 느꼈다.

이번에 번역을 다듬은 안톤 슈낙의 원본은 1946년 판이다. 그 이전 판과 크게 달라진 내용은 없어도, 초고속 시대에 따른 언어의 변화, 번역에 임하는 지난날과 현재의 역자의 번역에 대한 시각이 달라진 탓도 있겠지만, 새삼 밝히고 넘어가고 싶은 부분이 있다.

이 에세이의 원제는 '우리를'이라는 목적어가 없는, 단순히 '슬프게 하는 것들Was traurig macht'이다. 마찬가지로 안톤 슈낙의 글도 화려한 형용사를 한껏 구사하는 긴 문장이 아니라, 응집된 표현을 쓴 짧디짧은 단문 내지는 미완성 문장, 대부분 단어들의 나열로 구성되어 있다. 요컨대, 개개의 독자들 나름의 상상력을 작가 자신의 글에 끌어들이는 문체라 말할 수 있을 것이다.

이번에 내놓는 번역 역시 어쩔 수 없이 독자의 한 사람인 역자의 상상력으로 원문에 약간의 살을 붙이거나 떼어내는 작업에 그쳤음을 고백하지 않을 수 없다. 그사이에 부족했던 번역문은 역자의 역량 한계임을 밝힌다.

'우리를 분노하게 하는 것들, 경악하게 만드는 사건들. 우리의 귀와 눈을 뒤흔들고 스쳐가는 프로그램, 광고들'로 국내외 지구상의 미디어, 정보사회를 뒤덮고 있는 오늘날, 이 산문집은 우리에게 제목과는 역설적으로 '전원 같은 위안'이 될 것 같은 역자의 감상을 덧붙이며, '희망'을 안고 앞날을 살아가야 할 젊은 세대의 공감을 기대하고 싶다.

2017년 7월 옮긴이

옮긴이 **차경아**

서울대학교 문리대 독문과와 같은 학교 대학원을 졸업하고,
독일 본대학교에서 수학했다. 서강대학교에서 문학박사 학위를 받고
경기대학교 유럽어문학부 독어독문학과 교수로 재직했다.
주요 번역서로 미카엘 엔데의《모모》,《뮈렌 왕자》,《끝없는 이야기》,
헤르만 헤세의《싯다르타》,
잉에보르크 바흐만의《말리나》,《삼십세》,《만하탄의 선신》,
막스 뮐러의 《독일인의 사랑》, F. 뒤렌 마트의《판사와 형리》 등이 있다.

우리를 슬프게 하는 것들

1판 1쇄 발행 1974년 11월 30일
중판 재쇄 발행 2019년 10월 10일

지은이 안톤 슈낙 | **옮긴이** 차경아
펴낸곳 (주)문예출판사 | **펴낸이** 전준배
출판등록 1966. 12. 2. 제 1-134호
주 소 03992 서울시 마포구 월드컵북로 6길 30
전 화 393-5681 | **팩 스** 393-5685
홈페이지 www.moonye.com | **블로그** blog.naver.com/imoonye
페이스북 www.facebook.com/moonyepublishing | **이메일** info@moonye.com

ISBN 978-89-310-1060-2 03850

이 도서의 국립중앙도서관 출판시도서목록(CIP)은 서지정보유통지원시스템
(http://seoji.nl.go.kr)과 국가자료공동목록시스템(http://www.nl.go.kr/kolisnet)에서
이용하실 수 있습니다. (CIP제어번호 CIP2017016608)